Other king

groksus

keatran

Hanadill

lenbin

Keatrania

Ehmorra Fortress

Bridge of the disarmament

Odria

way to the glory

Vampire Fortress

Shield of Moon

Menezia

mulon

# Lord of Groksus

## 그락시스의 군주

Eye of king

6

Bolerodium

Cabin of ranger

albiran

곰룡 판타지 장편 소설

FANTASY FRONTIER SPIRIT

Augusta

Schalt

karjel

idoran

skindin

Valrailn

Triangle shield

Venemos

도서출판 청어람

곰룡 판타지 장편 소설

**FANTASY FRONTIER SPIRIT**

# Lord of Groksus

## 그락서스의 군주

# 그락서스의 군주 6

곰룡 판타지 장편 소설

초판 1쇄 찍은 날 § 2014년 4월 7일
초판 1쇄 펴낸 날 § 2014년 4월 14일

지은이 § 곰룡
펴낸이 § 서경석

편집부장 § 권태완
편집책임 § 박가연
디자인 § 이거일

펴낸곳 § 도서출판 청어람
등록번호 § 제1081-1-89호
등록일자 § 1999. 5. 31
어람번호 § 제1-1827호

주소 § 경기도 부천시 원미구 심곡2동 163-2 서경B/D 3F (우) 420-822
전화 § 032-656-4452 팩스 § 032-656-4453
http://www.chungeoram.com
E-mail § chungeorambook@daum.net

ⓒ 곰룡, 2013

ISBN 979-11-5681-970-7 04810
ISBN 978-89-251-3549-6 (세트)

# CONTENTS

# CHAPTER
## 1

질풍신뢰(疾風迅雷).
거센 바람 사나운 우레.
빠르고 격렬하다.


—고사성어(故事成語)

푸욱!

섬광이 가슴에, 심장에 꽂혔다.

아이란은 말없이 자신의 가슴을 내려다보았다.

흉물스럽게 가슴 한복판에 떡하니 꽂혀 있는 창.

'다행… 인가.'

위험을 발견한 그 순간, 창이 가슴에 꽂히기까지 눈 한 번 깜빡임에도 부족한 시간에 아이란은 몸을 살짝 틀었다.

덕분에 섬광은 심장이 아닌 가슴의 중앙을 꿰뚫었다. 물론 이것만으로도 크나큰 부상을 당하거나 심장이 꿰뚫리는 것보단 나왔다.

이 정도 부상 따윈 불사성체의 힘으로 능히 극복할 수 있었다.

치이이익!

창을 뽑기 위해 창대를 잡았다. 고기 타는 냄새와 함께 연기가 피어올랐다.

텅!

"유후一! 손은 괜찮으신가?"

아이란이 뽑은 창을 던질 때 두 사람이 그의 앞에 나타났다.

슐레스비히와 브라간사.

아이란에게 창을 던진 그들이다.

"보통 이럴 때는 더 큰 상처를 걱정하지 않나?"

"그거야 보통의 경우이고, 가슴을 꿰뚫린 일은 보통의 일이 아니지 않나?"

"…무어라 말하는지 모르겠군."

"후후, 그럼 넘어가면 되는 걸세, 형제여. 그렇지 않나, 형제?"

"내가 왜 그대의 형제이지? 다짜고짜 사람의 가슴에 창을 던져 꿰뚫는 이들을 형제로 둔 기억은 없는데 말이야."

"후후, 그럼 무엇이라 불러 드릴까?"

능글맞게 웃는 슐레스비히 공작. 한 대 때려주고 싶은 밉상이다.

"신기하군."

둘의 대화를 지켜보던 브라간사 공작이 툭 내뱉었다.

"심장에 위치한 기운이 그대의 상처를 순식간에 치료하고 있어. 그것 역시 스피릿츄얼 오리진인가."

스피릿츄얼 오리진.

무공.

무공을 그러한 이름으로 부르는 이는 단 하나.

"신의 날개로군."

"그렇다. 우리가 바로 신의 날개. 본인은 절제의 날개를 맡고 있는 브라간사, 이쪽은……."

"기만의 날개인 슐레스비히이지."

절제의 날개와 기만의 날개.

바로 슐레스비히와 브라간사 두 공작의 진정한 정체였다. 아이란이 알 리는 없지만 이 둘은 신의 날개를 구성하는 여덟의 날개 중에서도 상위권의 날개.

그 일신의 존재감만으로도 일만 대군과 맞먹는 것이 바로 이들이다. 그러한 두 사람의 존재감이 줄기차게 아이란에게 쏟아졌다.

피부가 따끔따끔하며 저들의 기세가 바늘과 같이 전신을

찔러댄다.

이에 아이란 역시 본신의 기세를 끌어 올렸다.

고오오!

성장하고 또 성장한 아이란. 몇 번의 위기를 거치며 급격하게 성장한 아이란의 힘은 결코 이들에 뒤지지 않았다.

창으로 찍는다면 방패로 막는다.

아이란의 기세가 두꺼운 방패가 되어 몸을 감쌌다.

"호오!"

제법이라는 듯 슐레스비히 공작이 반응을 보인다.

"이거 굉장하군. 정말 우리에 뒤떨어지지 않는 훌륭한 기세로군. 그렇기에 알 수 있다. 사르돈 로드리게즈. 그가 그대와 관련이 있음을. 이 정도의 무력을 가진 존재가 아니라면 그가 당했을 리 없지."

콰콰콰!

슐레스비히 공작으로부터의 기세가 점점 강해진다. 그에 맞서 아이란도 역시 더욱 기세를 끌어 올린다.

어느새 브라간사 공작의 기세는 거두어지고 아이란과 슐레스비히의 싸움이 되었다.

둘의 기세 싸움을 흥미롭게 지켜보는 브라간사 공작, 그가 입을 열었다.

"그락서스 백작."

"왜 그러지?"

"그대는 대체 누구지? 대체 누구기에 스피릿츄얼 오리진을 익혔으며, 어떻게 그대의 나이에 그만한 성취를 이룰 수 있지?"

"알고 싶나?"

"당연히."

씨익.

아이란이 입꼬리를 올렸다.

"그렇지만 나는 가르쳐 줄 마음이 없는데?"

"그대는 내게 털어놓아야 할 것이다."

스르르륵.

바닥에 나뒹굴고 있던 창이 다시 빛에 휩싸이며 하늘로 떠오른다. 그리고 그것은 그대로 브라간사 공작에게 날아갔다.

창을 잡아챈 브라간사 공작.

감추어졌던 기세는 어느새 그 무엇보다도 크게, 마치 태풍과 같이 장내를 휩쓴다.

콰콰콰콰콰!

너무나 짙기에 무형의 기세가 육안으로 판별되고 물리력마저 가지게 되었다.

칼날 같은 바람이 덮쳐온다. 그 어떤 명검보다도 날카로운 삭풍. 전신을 갈기갈기 난도질할 듯하다. 그러나 아이란에게 닿았을 때에는 미풍이 되어 있었다.

아이란의 머릿결이 바람에 살랑거렸다.

그 모습에 브라간사 공작의 눈썹이 꿈틀거렸다.

"그대를 얕본 것 같군."

그가 창을 고쳐 쥐었다.

"내가 익힌 스피릿츄얼 오리진. 그것은 스스로가 바람의 신이 될 수 있는 제피로스의 바람. 지금 그대를 마주함에 있어 나는 바람, 바람의 신이 되겠다."

"유후! 오랜만에 진짜 바람을 보는구먼."

슐레스비히 공작이 휘파람을 불었다.

"준비는 되었겠지?"

스릉!

아이란의 손에 새하얀 뼈의 검신이 들렸다.

펜리르의 송곳니. 신화 속 생물의 이빨이 또 다른 신화 속 주인공과 만났다.

콰쾅!

한줄기 바람이 꼬이고 또 꼬여 창이 되어 아이란을 찔러왔다. 그에 아이란의 손이 움직였다.

샥!

단 한 번의 벰. 그러나 그 과정 속에는 수십 번의 베기가 함축되어 있었다. 그 함축된 힘이 바람을 베었다.

그 어떤 칼날 같은 바람이라 해도 아이란의 검에 베인 순간 갈기갈기 찢겨 한줄기 미풍이 되어버린다.

그 과정이 수번, 수십 번 진행되었다.

브라간사 공작이 그 어떠한 바람을 쏘아도 아이란에게 닿는 것은 미풍뿐.

"하하하하!! 굉장한데, 형제?"

슐레스비히 공작이 박장대소를 터뜨렸다.

"좀 더 힘을 내보라구! 파이팅이야!"

"시끄럽다."

"하하하하하! 알았어. 조용히 하도록 하지."

슐레스비히 공작이 손으로 반짝이는 눈물을 훔쳤다. 그 모습을 보는 브라간사 공작의 눈썹이 무섭게 꿈틀거렸다.

팟!

브라간사 공작이 땅을 박찼다.

그 자신이 한줄기 유성이 되어 상대를 공격하는 한 수.

미티어 스피어.

쏘아진 화살, 아니, 그것보다 수십 배는 빠르게 아이란에게 당도, 그대로 창을 찔러 버린다.

속도와 무게, 리히트 그 무엇 하나도 빠지지 않는 완벽한 공격이다. 그에 맞서려면 아이란 역시 완벽해야 한다.

쏘아지는 공격엔 어떠한 방어를 해야 할까?

최선의 공격은 방어. 그대로 마주 공격한다?

'아니.'

어중간한 힘이 실렸다면 맞받아칠 수 있다. 그러나 브라간 사 공작의 공격은 그야말로 완벽.

도약으로부터 얻은 힘을 극한까지 싣고 풀어낸 힘이다. 그에 맞서려면 아이란 역시 같은 조건하에 힘을 얻어야 한다. 그렇지만 지금은 무리다. 마주 공격하는 것은 기각.

또 다른 방법은 굳건한 방어.

두 다리로 지그시 대지를 밟으며 공격해 오는 유성을 막는 것이다. 그러나 이 방법은 그로 인한 충격을 충분히 해소하지 못한다면 막지 않느니만 못하게 된다는 것. 또한 이후로도 브라간사 공작에게 계속 끌려 다닐 수 있었다.

'그렇다면 방법은 이것 하나뿐.'

아이란이 살짝 몸을 띄웠다. 그와 함께 리히트를 통해 몸을 가볍게 만듦과 동시에 남은 손으로 검의 옆 날을 짚으며 반대쪽 면을 유성의 꼭짓점에 가져다 대었다.

쾅!

거센 충돌음. 그와 함께 사방으로 퍼지는 충격파. 공격을 막은 아이란이 유성과 같은 속도로 튕겨졌다. 그 뒤로 거센 후폭풍이 일어났다.

멋지게 공격을 성공해 아이란을 날려 버린 브라간사 공작.

그러나 그 표정은 전혀 밝지 않았다.

"이야! 멋지게 날아갔는데? 이런 걸 대박이라 한다지?"

짝짝짝!

슐레스비히 공작이 박수를 쳤다.

"후후! 유성을 막고 별이 되어 날아갔다……. 아주 재밌어, 재밌어."

"공격이 전혀 들어가지 않았다."

"후후……."

"오히려 내 힘을 이용해 도주까지 하였다."

"자존심이 상했나 봐?"

"그래."

"그럼 뭐 하고 있어? 바로 뒤를 쫓아가야지."

브라간사 공작이 말없이 슐레스비히 공작과 눈을 마주쳤다. 싱긋 웃는 슐레스비히 공작.

그에 고개를 휘휘 저은 브라간사 공작이 땅을 박찼다. 어느새 그는 아이란이 사라진 방향으로 쏘아졌다.

"후후, 토끼몰이를 위한 사냥개도 풀었고, 느긋하게 가보실까?"

웃고 있는 슐레스비히 공작. 그러나 그의 두 눈은 전혀 웃고 있지 않았다.

히죽!

"그래도 직접 보는 것이 더 재밌겠지?"

슐레스비히 공작이 가볍게 땅을 내디뎠다.


*     *     *


휘익!

몸을 날려 허공을 활주한다. 힘이 떨어지면 대지를 도약해 다시 한 번 뛰어오른다. 이렇게 아이란은 빠른 속도로 두 공작과의 거리를 벌렸다.

뒤를 확인해 보니 추격은 없다. 그러나 안심할 수 없기에 땅을 박차는 발에 더욱 힘을 주는 아이란이다. 그리고 그 행동은 틀리지 않았다.

쉬익!

무언가 공기를 관통하며 아이란에게 다가온다.

아이란은 활공하는 자세 그대로 회전을 해 뒤돌아서며 그것을 쳐냈다.

쾅!

그의 가슴을 꿰뚫은 것과 같은 섬광의 유성. 그러한 것이 수십 발이 날아온다. 아이란은 그것들을 하나하나 전부 쳐냈다. 그와 함께 반동을 이용해 더욱 거리를 벌렸다. 그러나,

"어디를 그렇게 가시나?"

이미 앞에 서 있는 이.

활짝 웃고 있는 사내, 슐레스비히 공작이다.

"내 형제는 아직 그대와 어울리고 싶어 하는데, 함께 하여 주지 않겠나?"

"바쁜 일이 있어 그것은 무리겠는데?"

아이란의 거절에 그의 미소가 짙어진다.

"하하, 세상에 바쁜 일이 없는 사람이 어디 있겠나? 다 그렇게 사는 거지. 어쩌다 한 번 하는 이탈은 괜찮다네, 형제여."

개소리다. 개소리에 대한 답은!

"흐읏!"

묘한 비음과 함께 슐레스비히 공작이 허리를 뒤로 뺐다.

"이봐, 형제! 이게 뭐 하는 짓이야!"

그의 앞섶 일부가 날카롭게 베어져 있다.

"아쉽군. 그대의 가슴을 열어주고 싶었는데 말이야."

"허허, 이 형제, 아주 큰일 날 형제로구먼!"

"그대만 할까."

"허허……."

떨떠름한 표정으로 아이란을 바라보는 슐레스비히 공작. 그에 대한 아이란의 답은,

스악!

"이제."

삭!

"보니."

사사사삭!

"가정교육을."

사사사사사사사사삭!

"소설로 받았나 보구먼."

아이란의 검을 몸을 살짝 움직이는 것만으로도 아슬아슬하게 모조리 피해내며 얄미운 말만 골라 하는 슐레스비히 공작이다.

"그런데 내게 신경 써도 되나? 자네의 상대가 기다리고 있네만?"

그 말을 듣는 순간, 아이란을 덮치는 강대한 기운.

브라간사 공작이다.

결국 아이란의 후퇴는 실패로 돌아갔다. 게다가 그 실패로 상황은 오히려 더욱 좋지 않게 돌아갔다.

"후후, 계속 어울려 보시게, 형제."

언젠가 저 능글맞은 얼굴에 주먹 한 방을 날릴 것이라 다짐하며 아이란이 몸을 돌렸다.

찔러오는 브라간사 공작의 창을 향해 검을 맞댄다.

챙!

찔러오는 창을 튕겨낸 후 브라간사 공작의 몸체로 접근, 그대로 어깨로 받아버린다. 그에 브라간사 공작은 몸을 순식간에 몸을 뒤로 빼며 들고 있던 창대로 내려찍는 역공을 가했다. 그러자 이번에 물러나는 것은 아이란. 그러나 그냥 물러나진 않았다.

탁!

살짝 물러나며 발을 위로 차올려 내려찍는 창대를 튕겨내고 그와 함께 브라간사 공작의 얼굴을 노린다.

그러나 브라간사 공작이 이러한 공격을 쉽게 허용할 인물은 아니다. 브라간사 공작은 가뿐히 목을 뒤로 꺾어 피하며 그 역시 몸을 살짝 띄워 발차기를 날렸다.

물론 아이란 역시 그 공격을 피했다.

서로가 몇 회의 공격을 주고받았지만 큰 소득은 없었다. 상대의 실력을 확인한 것만으로도 큰 소득이라고 할 수 있으나, 상대가 강한 것은 이미 알고 있던 것.

이미 알고 있는 사실을 주지시켜 준 것에 지나지 않는다.

"그대와의 결전은 길어질 것 같군."

브라간사 공작의 말에 아이란이 고개를 끄덕였다. 그 역시 같은 생각이었음으로.

"그대 역시 그것은 바라지 않을 테지?"

이번에도 아이란은 고개를 끄덕였다.

"그렇다면 그대의 모든 힘을 해방하라. 서로가 가진 한계 그 너머까지 끌어 올려라."

한마디로 뒤를 생각하지 않고 모든 힘을 쏟자는 것. 그러나 브라간사 공작의 입장이라면 몰라도 아이란으로서는 쉽게 받아들일 수 없는 이야기였다.

아이란의 시선이 한 사람, 슐레스비히 공작을 향한다.

"본인이 신경 쓰이는 것이라면 마음을 놓아도 된다네, 형제여. 만일 그대가 브라간사 형제와의 결전에서 승리한다면 나는 두말하지 않고 그대를 보내주도록 하겠네."

과연 저 말을 믿을 수 있을까?

이러한 의심이 드는 것은 당연하다. 그것을 읽은 슐레스비히 공작이 말을 잇는다.

"뭐, 의심할 수도 있겠지. 그러나 믿는 것이 좋을 걸세. 왜냐? 형제에게는 선택지가 없거든."

선고와도 같은 슐레스비히 공작의 말이다.

그 말이 맞다.

후퇴라는 선택지도 봉쇄된 지금 아이란에게 남은 것은 결전이라는 선택지밖에 남지 않게 되었다.

검을 쥔 손에 힘이 들어간다.

'뒷일은 이기고 나서 생각하자.'

복잡해진 머리는 실수를 불러일으키고, 실수는 단 한 번만으로도 치명적인 결과를 도래할 수 있기에 머리를 깨끗이 비워야 한다.

지금 생각할 것은 승리. 그것을 위한 방법. 뒷일은 이기고 나서 생각해도 늦지 않다.

"자! 그럼 시작하라구!"

짝!

슐레스비히 공작의 박수와 함께 2회전이 시작되었다.

이번의 선공은 나다!

각오를 담아 날리는 공격!

일격 일격에 가공할 위력이 담겼다.

악룡대조와 탐서충각이 섞이고 또 섞인다. 베기와 찌르기가 근본인 두 개의 초식이 섞여 수백의 변화를 이루어낸다. 거기에 리히트까지 섞였으니 그 위력은 달리 말할 것이 없다. 그러나 그에 맞서는 브라간사 공작 역시 만만치 않았다.

바람의 신.

그 이름에 걸맞게 그는 신과 같은 기세를 폭발시키며 아이란의 공격에 마주 공격을 가했다.

채채채채채채채채챙!

내가 찌르면 상대가 베어 튕기고, 내가 베면 상대가 찔러 튕긴다. 각본에 맞춘 연극처럼 한 치의 오차도 없이 날붙이는 날붙이들끼리 부딪친다.

살갗을 베어 피를 적셔야 할 칼날은 깨끗하기만 하다. 이대로 가다간 끝이 없다.

무언가 승부수를 띄워야 한다.

'그것이라면……'

아이란의 머릿속에 존재하는 힘. 그것이라면 효과가 있을 것이다.

승부수를 띄울 틈을 만들기 위해 아이란은 베던 검에 더욱 힘을 실었다.

쾅!

충돌하는 즉시 반발력을 원동력으로 삼아 아이란이 물러섰다. 그런데 브라간사 공작 역시 마찬가지 생각이었나 보다.

아이란과 같이 그 역시 뒤로 물러서서 자세를 취했다.

진중한 자세에 힘이 집중되는 것을 보아 비기 중의 비기를 전개할 듯싶다. 그렇다면 아이란은 자신의 비기에 더욱 힘을 주면 된다.

화악!

아이란의 검신이 검붉은 불꽃에 물들었다.

활활 타오르는 불꽃. 보통은 그 빛에 의해 주변이 밝게 되지만, 오히려 이 불꽃의 주변은 어두워진다.

빛마저 먹어치우는 어둠의 불꽃.

악염의 등장.

게다가 그것이 끝이 아니다.

아이란의 반대쪽 손. 악염에 버금가는 굉장한 힘이 이미 발현, 담겨 있었다.

들어온 빛을 가두어 버리는 얼음 덩어리, 마빙의 등장이다.

십전마신강, 그중 천절 둘의 등장. 그러나 이것이 끝이 아니다.

파지지지직!

아이란의 전신에서 검은 번개가 튀어 올랐다.

콰직, 콰지지지직!

하늘에서 떨어지는 천벌보다 더욱 무서운 번개, 암뢰의 등장.

하나만으로도 조종하기 힘든 천절 네 가지 중 세 가지나 등장했다. 그것도 단발성으로 따로 전개하는 것이 아니라 세 가지를 한꺼번에 지속적으로 전개하고 있었다.

이것은 그동안 아이란의 수준이 얼마나 발전했는지를 보여주는 증거.

아이란은 매일같이 강해지고 또 강해졌다. 결코 말로만 강해진 것이 아니었다.

"호오! 굉장하구만. 얼음과, 불, 그리고 번개라니!"

슐레스비히 공작이 감탄을 터뜨리고 있다.

"그야말로 어떤 스피릿츄얼 오리진을 익혔는지 궁금하기 짝이 없구만. 대체 무엇을 익혀야 저러한 것을 세 가지나 다룰 수 있을까? 어이, 형제. 대답해 줄 생각은 없지?"

슐레스비히 공작의 물음에 답해줄 여유 따위 아이란에게 존재하지 않았다. 천절 중 세 가지. 그것을 유지하는 것과 여유롭게 유지하는 것은 달랐기에. 아직 아이란은 빠듯하다. 물론 여유롭게 유지했더라도 아이란은 슐레스비히 공작의 질문에 답하지 않았을 것이다.

"어이, 브라간사 형제! 이 형제가 이리 준비를 하는데, 형제도 뭔가 열심히 준비해야 하지 않겠어? 힘내라구!"

슐레스비히 공작이 뭐라 떠들거나 말거나 브라간사 공작의 표정은 한결같다.

아이란을 향해 겨눈 창. 그 끝에 바람이 뭉쳐지고 있었다. 뭉쳐진 바람은 어느새 사람의 머리만 한 구슬 형태가 되었다.

"오오! 그 무엇도 갈아버린다는 바람의 분쇄!"

"……."

슐레스비히 공작의 서포트 덕에 아이란은 브라간사 공작의 공격이 어떠한 것인지 대충 예상이 갔다.

'그 무엇도 갈아버린다…….'

무섭다면 무서울 수 있다. 그러나 이 세 가지 천절 역시 무서운 걸로 따지면 그에 못지않을 것이다.

아이란의 왼손, 그 위에 떠 있는 마빙. 그에 전신을 흐르는 암뢰가 왼손을 타고 마빙에 깃들어진다.

파지지지직!

마빙의 전신에서 검은 번개가 파지직거렸다.

여기까지만이라도 엄청난 위력을 발휘할 수 있다. 당장 이 암뢰마빙을 날리기만 하더라도 경천동지의 위력을 보여줄 것이다. 그러나 겨우 여기서 끝낼 생각이었다면 악염을 포함한 세 가지의 천절을 꺼내지 않았을 것이다.

아이란이 왼손의 암뢰마빙을 악염이 감싸고 있는 펜리르의 송곳니에 밀어 넣었다.

파지지지직!

콰우우우우우!!

힘의 충돌로 인한 반발. 온 천지사방에 울리는 굉음이다. 금방이라도 폭발할 것 같다. 그렇게 된다면 아이란은 반발력에 의해 자폭하게 된다. 아이란의 생사 역시 불확실하게 될 것이다. 그러나 그렇기에 지금 사용하는 것이다.

반발력으로 발생하는 힘을 그대로 상대방을 향해 분출하는 것. 그것이야말로 천절을 복합해 사용하는 기본이자 핵심이라고 할 수 있었다.

파지지지지지지직!

"크윽!"

반발력의 최고조. 그 순간은 아직 멀었다. 그러나 아이란의 몸이 버티지 못할 것 같다.

천절이 하나 더 늘었다고 단순하게 두 배, 세 배 늘어나는 것이 아니다. 상황에 따라 기하급수적으로 늘어나는 것이 반발이고 부담이다.

지금 아이란이 섞은 세 가지 천절.

일전에 사용한 두 가지 천절의 반발보다 족히 열 배 이상은 강했다.

그리고 아이란에게 끼치는 부담은 그 이상이었다.

파지지지지직!

'조금만… 조금만 더…….'

아주 조금이다. 조금만 더 참으면 최대한 반발력을 끌어낸 공격을 날릴 수 있다.

그러나 하늘은 아이란의 편이 아닌가 보다.

먼저 차징 과정을 끝낸 브라간사 공작이 공격을 날렸다.

무엇이든 갈아버리는 폭풍의 칼날이 아이란을 갈아버리기 위해 다가오고 있다.

'단 한 호흡만 더 있었더라면!'

아깝다. 너무나 아깝다.

단 한 호흡만 더 있었더라면 최대로 끌어 올린 공격을 할 수 있었다. 그러나 브라간사 공작의 공격으로 인해 최고조에 닿지 못한 공격을 날릴 수밖에 없게 되었다.

"하압!"

파지지지직!

쿠오오오오오!!

기합과 함께 굉음이 울려 퍼졌다.

악염, 마빙, 암뢰.

세 가지 천절이 강제로 융합하며 그에 의해 기하급수적으로 늘어나는 반발을 이용한 공격. 그것이 그 무엇도 갈아버리는 삭풍과 맞부딪쳤다.

쾅!

충돌.

서로의 최강 비기를 사용한 결전치고는 허무하도록 작은 격돌음. 너무나도 실망스럽다. 그러나 그것은 시작에 불과했다.

콰콰쾅!

콰콰콰콰쾅!

콰콰콰콰콰콰쾅!

하늘의 천장이 깨어지고, 대지의 바닥이 부서지는, 천지가 붕괴하는 소리가 지금 서 있는 이 땅 전역에 울려 퍼졌다. 그와 함께 찾아오는 폭풍.

거대한 바위조차 뽑히는 폭풍이 모든 것을 덮쳐 버렸다.

*　　*　　*

모든 것을 날려 버리는 폭풍. 그것은 한참의 시간이 흐른 후에야 사그라졌다. 그러나 그것으로 끝이 아니다. 뿌옇게 세상을 덮은 흙먼지가 가라앉는 데도 한참의 시간이 걸린다.

"콜록!"

슐레스비히 공작이 마른기침을 내뿜었다.

"이봐, 모두들 괜찮은 거야?"

무사함을 물었지만 아무도 대답이 없다.

"브라간사 형제~"

"그락서스 형제~"

아이란도, 브라간사 공작도 아무런 대답이 없다.

"흐음, 둘 다 죽었나?"

짝!

고개를 갸웃거린 슐레스비히 공작이 박수를 쳤다. 그 순간, 쩡!

모든 것이 얼어붙었다.

대지도, 하늘도, 피어오르던 흙먼지조차 얼어붙어 대지에 추락했다.

"잘 보이는군."

흙먼지가 걷힘으로 인해 보이는 시야.

두 명의 사람이 서로의 목에 각자의 무기를 겨눈 채 딱 달라붙어 있다. 그 두 명이 누구인지는 굳이 말하지 않아도 알 수 있으리라.

아이란과 브라간사 공작.

바로 그 둘이다.

주르륵.

예기로 인해 무기를 겨눈 서로의 목에 상처가 생겨 피가 흐른다. 그러나 둘은 미동조차 없다.

틈을 보이는 순간이 바로 목숨이 끊어지는 때가 되기에.

그때였다.

슈아아악!

거대한 얼음창 두 개가 아이란과 브라간사 공작 둘을 찔러왔다. 둘은 서로에게서 떨어지며 찔러오는 얼음창을 파괴했다. 그리곤 다시 상대를 향해 달려들었다.

"후후."

슐레스비히 공작은 마른 웃음을 지으며 그 모습을 계속 지켜보았다.

챙!

채챙!

창과 검. 일격 일격이 필살의 기세를 담아 서로의 목을, 심장을, 전신을 노린다.

스악!

아이란의 가슴이 쩍 하고 벌어졌다.

삭!

브라간사 공작의 왼팔에 피가 철철 흐른다.

두 사람의 전신이 피로 물들어갔다. 입고 있는 옷은 이미 누더기. 살갗을 보호하는 역할은 진즉에 수행이 불가능했다.

투툭.

브라간사 공작이 누더기가 된 상의를 찢어버렸다.

구릿빛 상체에는 지금 입은 상처를 제하더라도 온갖 흉터가 끔찍이 도배되어 있었다?

"그락서스 백작."

"······?"

"그대는 강하다."

"······."

"인정한다. 그대는 진실로 강하다."

"그대 역시 강하군."

"그대는 지금 내 몸의 흉터들이 보이는가?"

"보이는군."

"이것은 내가 살아온 길이자 훈장, 내 존재 그 자체. 이제

껏 수많은 상대와 겨루었다. 약한 존재들도 있었고 강한 존재
도 무수히 많았다. 나는 그들과 혈전에 혈전을 치루었다. 그
때마다 내 목숨은 경각에 달했으나 결국 나는 적들의 심장에
칼을 박아 넣을 수 있었고, 살아남을 수 있었다. 상대가 그 누
가 되었든 나는 일생에 단 한 번의 패배를 제외하고는 모두
이기고 살아남아 왔다."

아이란은 말없이 브라간사 공작의 독백을 들었다.

"그대 그락서스 백작, 그대는 진실로 강하다. 본인이 이제
껏 상대해 본 이들 중 이 흉터."

척!

브라간사 공작이 심장 부근에 위치한 흉터를 가리켰다. X
자로 선명하게 그어진 흉터. 흔적만으로도 저 정도일진대 대
체 어떻게 살아남을 수 있었는지 궁금할 정도다.

"이 흉터를 남긴 이를 제외하면 그대는 본인이 상대한 이
중 제일 강하다고 할 수 있다."

"그래서? 하고 싶은 말이 무엇이지?"

무엇을 말하고 싶기에 그리 뜸일 들이는 것일까?

"딱히 하고 싶은 말은 없다. 그저… 최후가 될지도 모르기
에 남기고 싶었다."

"……."

"그럼 다시 시작해 보실까!"

브라간사 공작이 창을 고쳐 쥐었다.

후우우웅!

브라간사 공작이 머리 위로 창을 돌려 급속도로 회전시켰다.

콰콰콰콰콰!

순식간에 거센 회오리가 형성되어 브라간사 공작을 둘러쌌다. 위험하다.

본능의 경고가 경종을 울려댔다.

콰콰콰콰콰콰!

이제까지 보여주었던 그 어떠한 것보다 더욱 강력한 힘의 파장이 느껴진다.

저 무시무시한 공격에서 살아남기 위해선 지금까지의 것으론 되지 않는다.

아이란 역시 새로운 모습, 한 단계 더 진일보된 것을 꺼내 놓아야 한다.

'그렇지만…….'

아무리 급속도로 성장한다고는 하나 한계가 있었다.

조금 전 사용한 세 개의 천절.

그 이상의 것을 사용하기엔 아이란의 한계가 뚜렷했다. 그러나 한계를 뛰어넘지 못하면 죽는다. 살아남을 수가 없다.

'해보자.'

못해도 해야 한다.

그리하지 않는다면 살아남을 수가 없다.

콰직!

점점 더 거세지는 저 소용돌이에 맞서 아이란은 대지에 검을 꽂았다. 그리곤 양손에 힘을 집중했다.

후우웅!

하나, 둘.

천절이 구체화된 주먹만 한 결정들이 떠올라 아이란의 주위를 회전했다.

악염의 붉은 결정.

마빙의 푸른 결정.

암뢰의 검은 결정.

세 가지의 결정은 무난하게 떠올랐다. 그러나 본편은 지금부터.

"크윽!"

아이란의 이마에서 식은땀이 줄줄 흘렀다. 눈의 흰자위가 터질 듯 붉어졌다.

버텨내야 한다.

필사의 힘. 전생을 비롯해 후생의 힘까지 끌어 올려야 한다. 쥐어짜. 낼 수 있는 모든 것, 그것을 모두 꺼내놓아야 한다.

덜덜덜.

온몸이 사시나무처럼 떨린다.

주룩!

코피가 터졌다.

전신에서 문제가 발생했다.

온몸이, 두뇌가, 차가운 이성이 경고했다.

그만두라고, 다른 방도를 찾으라고. 그러나 아이란은 무시했다. 지금 자신이 선택할 수 있는 길은 이 길뿐이다. 감정은 그대로 밀고 나갔다.

"그대, 이것이 내 모든 것이다!"

브라간사 공작.

그의 외침과 함께 거대한 소용돌이가 대지를 쪼개며 아이란에게 다가왔다.

그것을 아이란은 덜덜 떨리는 몸으로 맞이해야 했다.

콰콰콰콰콰!

마침내 소용돌이가 아이란의 바로 앞까지 다가왔다.

거센 삭풍에 모든 것이 다 잘려 나간다. 그러나 아이란은 맞을 준비가 끝나지 않았다.

아직 세 가지의 결정뿐.

마지막으로 나와야 할 것이 나오지 않고 있다.

'제발……!'

아이란은 빌고 또 빌었다.

신에게, 자신에게 빌고 또 빌었다.

평생 누군가에게 빈 적이 없는 아이란. 그의 첫 구걸.

그 끝에 빛이 일었다.

CHAPTER
2

세상엔 믿을 놈이 없다. 어이, 항상 뒤통수를 조심하라구. 죽을 수도 있
으니까.

—어느 여행자

쿠쿠쿠쿠쿠쿠!!

거대한 회오리가 대지 위에 약진한다.

그 앞에 선 존재, 한없이 작은 인간.

장엄한 힘 앞에 인간은 그저 휩쓸려질 작은 존재일 뿐. 저 강대한 힘 앞에 맞선다는 건 감히란 말을 붙여도 부족한, 생각해서도 안 될 일. 그리고 지금 그 거대한 재해 앞의 인간은 그에 순응하는 듯했다.

바로 지금까지.

쿠쿠쿠쿠쿠쿠쿠!!

마침내,

재해가 인간을 덮쳤다. 그리고 모든 것이 끝났다.

바로 지금까지는.

푸화악!

회오리를 뚫고 빛의 기둥이 솟구쳤다.

아니, 그것은 빛의 기둥이 아니었다.

어둠.

한없이 지독한 어둠.

주위의 모든 빛을 먹어치우는 어둠이 승천했다.

콰콰콰콰콰콰!

솟구친 어둠의 기둥. 그 탓에 힘의 중심을 잃어버린 회오리
는 순식간에 소멸했다.

회오리가 사라지자 어둠의 기둥 역시 사라졌다.

사라진 그 자리.

오연한 눈빛으로 세상을 바라보는 남자 아이란이 두 다리
로 굳건히 대지를 밟으며 서 있다.

그의 주위에 붉고, 푸르고, 검으며, 하얀 빛이 떠다녔다.

악염, 마빙, 암뢰.

그리고 마지막.

"백풍."

천절의 마지막.

그 무엇이든 갉아 가루로 만들어 버리는 하얀 마귀의 바람.

십전마신강 천절 백풍이 아이란의 주위를 돌고 있는 하얀 빛의 정체였다.

그 모습을 믿을 수 없다는 듯 바라보고 있는 한 사내, 그리고 흥미로운 듯 바라보고 있는 사내.

전자는 브라간사 공작이고, 후자는 슐레스비히 공작이다.

"흥미롭군."

슐레스비히 공작의 눈이 반짝였다.

그의 동공은 아이란의 주위에 돌고 있는 에너지의 결집체를 담고 있었다.

"굉장한 순도의 오로라, 아니, 오로라라기보단 그분의 힘인 내공(內功). 공력(功力)에 가까운, 아니, 그 자체."

아이란은 듣지 못했지만 듣는다면 깜짝 놀랄 것이다.

슐레스비히 공작이 말한 내공, 공력.

이것은 이곳의 말이 아닌 중원, 무(舞) 대륙의 말이었으니까.

"과연 예상했던 대로 그락서스 백작, 그대는 스피릿츄얼 오리진, 아니, 무공을 익혔구나."

계속된 혼잣말. 무공이란 단어까지 나왔다.

슐레스비히 공작, 그는 많은 것을 알고 있는 것이 분명했다.

"후후."

나직이 웃은 슐레스비히 공작이 손을 뻗었다.

화악!

그의 손에서 일어난 빛. 그 빛은 뭉치고 뭉쳐 한 자루 검의 형태를 이루었다.

슐레스비히 공작의 갑작스런 움직임에 반응한 아이란. 그의 전신에 힘이 들어갔다.

그의 어떠한 행동에도 반응할 준비가 되었다.

쉬익!

슐레스비히 공작의 손에서 빛의 검이 쏘아졌다. 그러나 아이란은 그것을 그저 바라보고 있을 수밖에 없었다.

아니, 놀라고 당황스러워해야 했다.

푹!

슐레스비히 공작의 빛의 검이 한 사람의 가슴을 꿰뚫고 심장을 터뜨렸다.

"……."

심장이 터진 사람은 그저 조용히 고개를 내려 꿰뚫은 검을 바라볼 뿐.

"대체 왜……."

오히려 그것에 반응한 이는 아이란.

"왜 자신의 동료를……."

그렇다.

슐레스비히 공작.

그의 손에 심장이 꿰뚫리고 터진 이는 바로 브라간사 공작이었다.

브라간사 공작은 말없이 고개를 돌려 슐레스비히 공작을 바라보았다. 언제나 웃는 얼굴이던 슐레스비히 공작이 석상과 같이 굳어져 있다.

그 모습에 브라간사 공작은 한쪽 입꼬리를 올려 미소를 지어 보이고는 그대로 바닥에 쓰러졌다.

"대체 왜지?"

"무엇을 말인가, 형제여?"

"왜 그대의 동료를 죽인 것이지?"

"후후, 그것이 그리 궁금한가? 그대의 입장에선 좋지 않은가? 적의 상잔으로 인해 수가 줄었으니 말이야."

"……."

"충분한 답이 되지 않았나 보군."

"당연하지 않은가?"

"후후, 소년, 소설의 주인공처럼 적의 죽음으로 분노하진 않아서 좋군. 좋아, 답을 주지. 내가 브라간사 형제를 죽인 이유."

슐레스비히 공작이 잠시 뜸을 들였다.

아이란은 그 입을 주목했다.

"바로 그대 그락서스 백작, 그대 때문이다."

"그게… 무슨 말이지?"

대체 무슨 소리인가.

자신 때문에 브라간사 공작을 죽였다니.

"스피릿츄얼 오리진… 아니, 무공."

"……!"

"역시 알고 있군."

무공이란 말에 아이란은 깜짝 놀랐다.

무공.

이 얼마 만에 들어본 단어인가.

무공.

분명히 스피릿츄얼 오리진이 아닌, 무 대륙의 언어로 무공이라 하였다.

'아니, 그것보다 어떻게 슐레스비히 공작이 그것을 알고 있단 말인가?'

무 대륙.

그곳은 이곳과 다른 세계가 아닌가.

"후후, 많이 놀랐나 보군."

이미 표정에서 모든 것이 드러났기에 아이란은 긍정했다.

"오로라가 아닌 기(氣), 혹은 내공을 자유자재로 부릴 수 있는 '무' 대륙의 특별한 공부."

무공의 정의.

슐레스비히 공작은 그것을 말하고 있었다.

그는 왜 이런 이야기를 꺼내는 것일까?

"아!"

머릿속을 스치는 생각.

"입을 막을 생각이로군."

슐레스비히 공작의 미소가 짙어졌다.

"무공의 존재에 대해 철저히 숨길 생각이로군. 당신과 달리 당신의 동료는 무공의 존재에 대해 모르고 말이야."

"그래, 브라간사 형제는 무공에 대해 전혀 모른다. 그저 무공의 다른 이름인 스피릿츄얼 오리진에 대한 것만 알고 있을 뿐."

"그렇다면 처음의 약속도 없던 것이겠군."

"뭐. 한입으로 한 말은 지키겠다는 주의라서 말이야. 브라간사 형제는 내가 처리했지만 돌아가도 좋네, 그락서스 형제."

"정말인가?"

그에 크게 고개를 끄덕이는 슐레스비히.

"한입으로 두말을 하지 않는대두."

워낙에 당당하게 말하는 슐레스비히 공작이다.

"믿겠다."

그 말을 하면서도 의구심을 풀지 않는 아이란이다.

"자, 자, 어서 가보라구. 난 뒤처리를 하고 갈 테니까."

아이란이 몸을 돌려 몇 발을 내디뎠을 때,

탁!

아이란이 뒤로 손을 뻗었다. 그러자 잡히는 물건.

"이건 무슨 뜻이지?"

"허허, 그것이 왜 거기에 있을까?"

아이란의 손에 잡힌 것.

그것은 브라간사 공작을 꿰뚫은 것과 같은 빛의 검이었다.

치이익.

뜨거운 열기에 타들어가는 아이란의 손바닥. 그러나 아이
란은 아랑곳하지 않고 오히려 더욱 손바닥에 힘을 주었다.

쩡!

산산이 깨져 버린 빛의 검. 그것은 빛의 알갱이가 되어 바
람에 실려 소멸했다.

"장난은 그만하지."

"정말 실수였다니까 그러네. 어서 가봐. 이번엔 정말 실수
하지 않을게."

"어차피 그대의 목적은 나를 죽여 입을 막는 것이 아닌가? 무
공의 존재를 숨기고 싶을 테니까 말이지. 그대의 조직, 신의 날

개라고 하였나? 그곳에서도 무공에 대해 아는 이는 많지 않겠지. 그렇기에 조금 전 그대의 동료를 죽인 것일 테고. 무공에 대해 아는 자는 하나라도 적은 것이 중요할 테니까 말이야."

"후후, 너무 속이 보였나?"

"지금의 말도 전혀 진심이 담겨 있지 않다. 그러한 장난을 걸기에 그대의 눈은 너무나도 냉혹하군."

"후후, 극단에라도 들어가 연기를 배워봐야겠군. 필요할 때 눈물이라도 흘릴 수 있게 말이야. 흑흑, 브라간사 형제, 대체 그대가 왜 이렇게 된 것인가! 이렇게 말이야."

"……."

"하하, 뭐, 어차피 브라간사 형제는 언젠가 처리해야 했지. 조직 내에서도 무공에 대해 어느 정도 파악했거든."

"그것참, 간단한 이유로군."

아이란의 지적에 여전히 웃음을, 그러나 이전과는 다른 싸늘한, 냉혹한 웃음을 짓는 슐레스비히 공작이다.

"그렇다면 형제, 지금부터 시작해 볼까?"

"마다하지 않겠다."

"후후, 그 자신감, 보기 좋군. 철저하게 짓밟아 부수어 버리고 싶을 정도야."

순간 슐레스비히로부터 쏟아지는 싸늘함에 아이란은 몸을 흠칫 떨었다.

오랜만이다, 이런 기분. 마치 맹수를 대면하는 듯한 기분이다.

그러나 아이란 역시 맹수. 맹수가 맹수를 대면하는 것뿐. 그 역시 슐레스비히 공작에 꿀리지 않는 맹수다.

마음을 다잡는 그때,

[…계약자여!]

'…로물루스!'

마음의 한편, 로물루스가 갑작스레 말을 걸어왔다.

그동안 자신의 차원에서 잠들어 있다 깨어난 그의 목소리엔 다급함이 가득했다.

[도망쳐라!]

'무슨 소리인가?'

[조금 전 그자와의 결투 때와는 다르다. 그때는 굳이 본인이 나서지 않더라도 그대가 이겨낼 수 있었기에 그대의 판단에 모든 것을 맡겼다. 그러나 지금 이자는 다르다. 본신의 힘은 말할 것도 없거니와…….]

'자세히 설명을…….'

아이란의 말을 끊고 로물루스가 말을 이었다.

[계약자!]

'……!'

[이자 역시 우리 거신의 계약자이다!]

'……!'

[저쪽의 거신, 그는 아직 본인의 존재조차 파악하지 못한 것 같지만 본인은 상대를 파악할 수 있다. 힘의 파장을 보건 대 그는 본인과 같은 차원이 아닌 타 차원의 존재. 나로서도 승부를 장담하기 힘든 적이다.]

로물루스가 이리 다급히 구는 것은 처음 겪는 아이란이다. 그렇기에 대체 어떠한 존재이기에 이러한 반응인지 감이 오 질 않았다.

그저 막연함. 망망대해를 바라보는 것과 같은 망연함만 있 을 뿐이다. 그러나 그 막연함을 외면해선 안 된다. 그에 맞서 야 한다.

아이란이 검을 쥐었다.

검신이 어둠에 물든다. 그 흑요석보다 짙은 암흑의 칼날을 천절의 기운이 감쌌다.

십전마신강, 천절. 아이란을 구성하는 근본이자 절대적인 힘의 원천.

그 힘을 슐레스비히 공작은 날카로운 눈으로 파악한다.

"마공. 정에 역을 담아 마가 되고, 그것에서 다시 한 번 역 을 담아 정의 힘을 담은 마. 흥미로운 무공이야. 그 무공의 이 름을 가르쳐 줄 수 있겠나?"

"십전마신강."

"십전마신강······. 잘 어울리는 이름이야. 그런데 순순히 가르쳐 주시는군."

"굳이 숨길 필요가 없으니까."

"후후, 잘 생각했네, 형제. 나는 궁금한 것은 못 참는 성격이라서 말이야. 아마 답을 못 들은 채 자네가 죽었으면 자네의 영혼을 지옥에서 끌어내어서라도 물었을 것이네."

"그런가? 그렇다면 다행이군."

"무엇이 다행인가?"

"알고 싶은 것을 알고 죽을 수 있어서 말이야."

자신이 불리하다는 것을 알고 있다. 그러나 굳이 그것을 표현할 필요는 없었다.

자신감. 당당히 상대에게 맞선다.

"풋."

슐레스비히 공작이 웃음을 터뜨렸다.

가소로움을 담은 미소.

그의 눈이 초승달처럼 휘어졌다. 눈가의 주름과 어우러져 사람 좋아 보이는 미소. 그러나 그 미소도 냉혹한 두 눈을 숨길 순 없었다.

"좋은 마음가짐이로군. 그 말 그대로 그대에게 들려주고 싶을 정도야. 그래, 그대는 내게 궁금한 것이 없나? 서로 저승길 선물 하나쯤은 교환해야 하지 않는가?"

"딱히."

아이란이 고개를 저었다.

"그러지 말고, 뭐 하나 물어보도록 하게, 형제."

"딱히 궁금한 것은 없다."

"이런, 난 빚지고는 못사는 성격인데."

어깨를 으쓱하는 슐레스비히 공작. 그가 '아!' 하는 감탄사는 뱉고는 말을 이었다.

"나도 내가 익힌 무공의 이름을 가르쳐 주면 되겠군. 내가 익힌 무공의 이름. 잘 들어두시게, 형제."

"……."

"들어는 보았나! 그 이름도 유명한!"

"……."

"불패오신기(不敗五神氣)!"

"……."

한결같은 아이란의 반응에 오히려 뻘쭘해진 것은 슐레스비히 공작이다.

"들어본 적이… 없나?"

고개를 끄덕이는 아이란에 탄식하는 슐레스비히 공작.

"아! 이럴 수가! 벌써 잊혔단 말인가!"

가슴을 부여잡으며 비극의 주인공과 같이 감정을 끌어 올린다. 붉어진 눈시울을 유지하며 대사를 계속한다.

"아아! 한때 무 대륙의 전설이었던 불패오신기. 불패의 전설을 지닌 그 무공이 잊혔단 말인가! 원통하도다!"

결국 눈물을 뚝뚝 흘리는 슐레스비히 공작.

'언제까지 저 웃기는 광대 짓을 보아주어야 하는가.'

아이란이 눈썹을 모았다.

"불패존자의 전설은 이제 무 대륙에서 잊힌 이야기일 뿐인가! 아아, 그렇겠지. 오랜 시간이 흘렀으니까. 어쩌다 기억하는 늙은 노인이 손자에게 들려주어도 금방 외면받을 그런 이야기가 된 것이야. 아아, 원통… 으억!"

쾅!

날아오는 불벼락을 재빨리 피해낸 슐레스비히 공작.

"너무하지 않은……!"

이번엔 검은 벼락이 쏟아진다.

더 이상 저 헛소리를 들을 자신이 없는 아이란이 공격을 시작한 것이다.

"이런, 지금 들어두면 장차 늙은이가 된 후 손자에게 대대손손 물려줄 이야깃거리가 하나 생기는 것인데. 참을성이 정말 없구만. 아, 어차피 못 들려주려나?"

챙!

검을 들고 달려든 아이란. 그와 검날을 맞대며 슐레스비히 공작이 씩 웃는다.

"어차피 못 들려줄 테니까."

화악!

그의 손에 들린 빛의 밝기가 더욱 거세진다. 그에 맞선 아이란의 어둠 역시 더욱 짙어졌다.

"그락서스 형제, 그거 알고 있나? 브라간사 공작이 말한 패배를 안겨주었던 그 상대."

"……?"

"그 상처를 낸 존재가 바로 본인일세. 즉 그대는 절대 본인을 이기지 못한다는 것이지."

모든 빛을 먹어치우려는 어둠과 그 어둠을 분쇄하려는 빛의 싸움.

ㅊㅊㅊㅊㅊㅊㅊㅊㅊㅊ!

하이어 리히트, 강기라고 표현하는 것이 더 익숙할 이들의 전쟁.

불똥처럼 강기의 조각들이 튀어 오른다.

ㅊㅊㅊㅊ, 쾅!

그 끝에 생긴 반발.

두 사람은 한 치의 오차도 없이 똑같은 거리를 물러섰다가 다시 서로에게 쏘아졌다. 그리고 다시 바람을 갈랐다.

쾅! 쾅!

충돌. 그 과정에서 대기를 짓누르는 압박이 양측에 전달됐다. 그러나 둘은 아랑곳하지 않은 채 조금의 속도 저하도 없이, 아니, 오히려 더욱 빨라지며 상대를 향해 칼을 들이댔다.

그 과정에서 이미 칼은 칼이 아니게 되었다.

한 치의 틈이라도 허용한다면 그대로 강기로 상대를 샤워 시켜 줄 수단.

상대를 베어버리는 극한의 절삭력도 동급의 상대에게는 통하지 않았기에 그 내력의 질과 양으로 겨루는 것이다.

그렇기에 아이란 그 자신이 가진 최고의 무기.

천절 중 네 가지 기운이 극도로 운용되었다.

브라간사 공작과의 전투로 천절 네 가지를 동시에 다룰 수 있게 된 아이란. 그는 절대 만만한 상대가 아니었다. 그러나 그 상대 역시 만만치 않다.

둥, 둥, 둥, 둥, 둥!

슐레스비히 공작, 그의 주위로 다섯 가지 기운이 생성되었다.

각각 오방의 방위를 맡아 점하는 오방색을 가진 기운.

그가 언급했던 그의 무공 불패오신기, 그중 오신기가 저것이라는 것은 쉽게 유추할 수 있었다.

과연 저 오신기는 대체 어떠한 위력을 보여줄 것인가.

"후! 그락서스 형제, 그럼 진심으로 한번 놀아볼까!"

슐레스비히 공작의 주위를 둘러싸 회전하고 있던 오방의

기운이 그의 신형 뒤로 옮겨 배치되었다. 그리고 그 기운에서 빛의 선이 뻗어 나와 서로를 이었다. 그렇게 완성된 오망성.

"불패오신기! 본인이 가진 무 대륙 최강의 힘에 발라티아 대륙의 힘을 더했다. 이것이야말로 무와 발라티아를 통틀어 최고이자 최강이라 할 수 있는 힘! 그대는 영광으로 알아야 할 것이다!"

화악!

오망성의 각 축을 담당하는 꼭짓점들에서 빛의 줄기가 쏟아졌다.

그 쏟아진 빛줄기는 순식간에 부피를 키우더니 형태를 갖추었다. 마침내 완성된 형태.

그것은 용.

다섯 마리의 용이 아이란을 바라보며 포효하고 있다.

오신기에 따른 각 방위의 속성을 그대로 담고 있는 듯 색깔마저 오방색인 용들.

그들의 모습을 보건대 그저 강기로 형태만 갖춘 용이 아니다.

불타오르는 눈빛 사이에서 지성의 빛, 자아가 보이고 있다.

"하하! 어떠한가! 살아 숨 쉬는 강기의 신룡을 본 모습이!"

강기로 이루어진 생명체.

과연 슐레스비히 공작이 자랑할 만한 힘이다.

무 대륙의 무공만이라면 절대 이러한 이적을 발휘하지 못한다. 무 대륙의 무공에 발라티아의 마법 등이 만나 이루어낸 힘.

그 앞에 마주하고 있는 아이란이 전율을 느낄 정도다.

그러나 공포심은 들지 않는다. 굉장하긴 하나 두려움은 없다. 질 것이란 생각도 들지 않는다.

무엇일까.

조금 전 브라간사 공작에게도 고전하던 아이란이다. 그보다 더욱 강할 것이 분명한 슐레스비히 공작의 전심전력을 마주했건만 왜 이런 마음이 드는 것일까.

로물루스의 존재 여부일까?

'아니, 그것은 아니다. 게다가 상대에게도 거신이 있지 않은가.'

그렇다면 무엇일까?

무엇이 아이란에게 이러한 자신감을 심어주는 것일까?

'그것은…….'

바로 나 자신이 가진 이 힘.

'십전마신강. 불사성체, 아니, 이런 정의를 내릴 힘이 아니다. 나 자신 그 자체가 된 이 힘들이 내게 자신감을 심어주고 있다.'

십전마신강을 극한까지 익힌 진자겸은 천하무적이었다. 그때의 성취는 지금은 비교할 것이 못 된다. 그러나 아이란은 지금 이 시간에도 무서울 정도로 성장하고 익숙해지고 있었다. 아이란은 진자겸의 성취에 대한 최소한의 기본을 갖추었다.

브라간사 공작과 상대하며 깨운 네 개의 천절.

그때의 십전마신강과 지금의 십전마신강은 또 다르다.

한없이 높게만 보이던 진자겸의 십전마신강. 과거와 달리 지금의 성취에서 올려다본다면 그 끝이 보일락 말락 하는 정도. 이것만으로도 아이란이 얼마나 큰 성취를 이루었는지 알 수 있었다.

"하아!"

아이란의 주위로 천절을 비롯한 십전마신강의 기운이 일어섰다. 형형색색의 기운들. 그 기운들은 그대로 아이란이 쥐고 있는 펜리르의 송곳니, 그 어둠의 칼날에 스며들어 갔다.

스스스스슥!

끝없이 먹어치우는 어둠의 칼날.

그 끝에 겨누어진 다섯 용.

슐레스비히 공작과의 전투에서 새로운 막이 오르는 순간이다.


\*　　　　\*　　　　\*

크롸롸롸롸!

용들의 포효. 다섯 용아 한꺼번에 지르는 그 고함은 대지를 떨게 하고 하늘을 울리는 위력을 발휘했다. 물론 그 포효에 집중된 아이란에게 타격이 오는 것은 당연지사.

소리에 담긴 힘은 언덕도 날려 땅으로 만들 힘을 담고 있었다.

그에 아이란은 자신의 몸 앞에서 검을 한 바퀴 돌렸다. 그러자 검에 담겨 있던 어둠은 그대로 남아 아이란의 몸체만큼 큰 거대한 방패가 되었다.

이 방패에 이름은 없다. 아이란이 즉석에서 떠올린 발상일 뿐. 그러나 그 위력은 절대적.

용들의 포효와 함께 쏟아진 어마어마한 압력이 방패에 닿자마자 순식간에 사라졌다.

어둠의 방패가 먹어치운 것이다. 방패가 먹어치운 것은 그대로 그 어둠 내에서 소화되어 사라질 것이다. 혹은 이렇게 사용되거나.

휘익!

아이란이 이번엔 한쪽으로 검을 내려쳤다. 그러자 공간이 쪼개지며 무저갱과 같은 틈이 보였다. 그와 함께 찾아온 것은!

크롸롸롸롸!

용의 포효!

조금 전 삼켰던 용의 포효가 그대로 쏟아져 주인에게 돌아갔다.

그 의외의 일격에 슐레스비히 공작은 살짝 놀랐다. 그러나 그뿐이다.

의외이긴 하지만 그 일격은 전혀 타격을 주지 못했다. 그렇지만 그것만으로도 의의가 있다.

상대의 공격을 흡수하고 되돌려 줄 수단이 있다. 이것만으로도 상대는 쉽사리 공격하지 못하게 된다.

혹시라도 자신에게 되돌아올 수도 있기에, 돌아올 리스크까지 생각해야 하기에 상대의 행동을 상당수 제약할 수 있게 된 것이다.

이제 슐레스비히 공작은 선택해야 한다.

삼켜도 그리 타격이 크지 않을 작은 공격을 여러 번 가하거나, 반대로 삼킬 수도 없을 만한 거대한 공격을 가하거나.

물론 슐레스비히 공작은 그 한계를 모르기에 많은 고민이 될 것이다.

과연 슐레스비히 공작은 어떠한 선택을 할 것인가.

"이거 굉장한데? 내 공격을 그대로 되돌려 주다니. 이러한 것을 다시 볼 줄은 몰랐군그래."

슐레스비히 공작이 꺼낸 말.

의외다. 이러한 것을 다시 볼 줄은 몰랐다니?

설마 이전에 한 번 본 것인가?

"형태는 다르긴 하지만 대공이 사용하시는 것과 개념은 같다. 후후, 그러나 아직 불완전해. 대공이 사용하시는 것은 그야말로 완전무결. 그러나 그대의 것은 완전유결. 대공의 앞에서 단련된 내게 그대의 기술 따윈 잔재주가 될 뿐이네."

슐레스비히 공작의 말.

대공이란 존재.

과연 그는 누구인가?

"엇차! 그분에 대해 발설하는 것은 금지 사항인데! 누가 보고라도 한다면 한 잔소리 듣겠구만."

그 말과 함께 저편의 브라간사 공작의 시체를 살짝 살피는 슐레스비히 공작.

"뭐, 다행히 고자질할 형제는 없으니 다행이로구나! 핫핫핫!"

유쾌한 웃음을 터뜨리는 슐레스비히 공작이다.

"그것참, 다행이로군."

"핫핫! 형제도 그렇게 생각하나? 나도 그렇게 생각한다네."

"그래, 그런데 대공이란 존재에 대해 궁금해지는군. 그는 어떤 존재이지?"

아이란의 물음에 설레설레 고개를 젓는 슐레스비히 공작

이다.

"방금 들었지 않나, 형제. 그분에 대해 언급하는 것은 꾸중을 듣는 일이라고. 나는 꾸중이 싫다네."

"어차피 고자질할 이도 없지 않나."

"그야 그렇지. 그런데 그분의 눈과 귀는 언제 어디서나 펼쳐져 있어서 말이지. 가능하면 꾸중을 들을 가능성을 최소화하고 싶거든. 그런고로 안타깝지만 나는 말해줄 수 없네그려. 정 궁금하면 나를 쓰러뜨려 보시든가."

"그대를 쓰러뜨리면 말해줄 것인가?"

"아니. 대신 대공께서 그대 앞에 나타나실지도 모르지."

"그렇군."

"그렇지. 그럼 계속 시작해 볼까?"

슐레스비히 공작의 의지에 따라 다섯 용이 제각각의 방향으로 공격해 온다.

아이란을 물어뜯기 위해 목을 내뻗는 놈, 날카로운 발톱으로 아이란을 할퀴는 놈, 아이란을 둘러싸 압사시키려는 놈까지 가지각색의 공격을 가해온다.

그것을 재빠른 동작으로 회피한다. 상황이 여의치 않을 시 용의 공격에 맞서 그 형체를 벤다.

용들의 공격은 그 둔중한 몸체와는 전혀 어울리지 않게 재빠르기 그지없어 아이란은 피하는 것보다 맞서 공격하는 것이 더욱 많았다. 그렇게 용들의 몸을 수없이 갈랐으나 강기로 된 생명체답게 강기가 채워지면 순식간에 몸을 복구했다.

크롸라라라!

지금 막 목을 벤 용. 그 목에서 새로운 머리가 돋아 포효를 내지른다. 그전보다 더욱 강력해진 포효. 베면 벨수록 강해진다.

'그렇다면……'

아이란의 머릿속에 결심이 선다.

우우웅!

그의 검이 울렸다.

검이 감당치 못할 정도로 우격다짐으로 쑤셔 넣는 기운. 그러나 지금 쥐고 있는 이 검은 평범한 검이 아니다.

거대한 산이 짓눌러도 조금의 손상도 없을, 튼튼하기로는 세계 제일의 검. 절대로 파괴되지 않는 명검으로 대륙에 이름난 펜리르의 송곳니.

아이란이 얼마의 힘을 쑤셔 넣든 간에 거뜬히 견뎌낼 수 있다.

우우우우웅!

진동이 더욱 거세졌다.

심상치 않음을 감지한 것인지 전 방향에서 다섯 용이 한꺼번에 달려들었다.

크롸라라라!!

용의 이빨과 발톱이 닿기 직전,

푹!

검이 대지에 꽂혔다. 그와 함께 피어오르는 것은!

콰콰콰콰콰콰!

대지를 깨며 폭풍이 솟구쳤다.

브라간사 공작의 폭풍과는 다른 폭풍.

지절의 초식 마신삽창과 천절의 권능이 만난 진정한 마신의 힘. 그 검은 폭풍에 휩쓸린 용들의 전신이 복구가 될 틈도 없이 갈가리 찢겨 나갔다.

콰콰콰콰콰콰!!

한동안 계속된 폭풍은 용들의 잔해조차 완전히 소멸되고 나서야 사그라졌다.

그 뒤 대지엔 폭풍의 흔적이 원의 형태로 조성되어 있다. 그 중심에서 아이란이 슐레스비히 공작을 바라보았다.

"이거……."

입을 벌리며 감정을 발산하는 슐레스비히 공작.

"굉장한데?"

감탄을 터뜨리는 공작의 두 눈에는 희열마저 감돌고 있다.

"예상은 했지만 오룡을 이리 쉽게 물리치다니. 그렇다면 이것은 어떨까?"

화악!

슐레스비히의 등 뒤에 펼쳐진 오망성에서 다시 한 번 빛이 번쩍인다.

그와 함께 오망성의 크기가 몇 배로 팽창하고, 그 안에서 다시 용들의 머리가 튀어나왔다.

좀 전과 같은 생김새의 다섯 용. 그러나 그 위압감은 좀 전과는 전혀 다르다.

오망성에서 용들의 몸체가 천천히 빠져나왔다. 그리고 그 몸체가 완전히 빠져나왔을 때, 아이란의 얼굴은 딱딱하게 굳었다.

크롸라라라!!

포효하는 다섯 머리. 그러나 몸체는 하나.

전설상의 괴수 히드라와 같이 머리는 여럿이나 몸체는 하나인 용이 그 형체를 세상에 완전히 드러냈다.

"어떠한가? 저 강인한 모습. 아름답지 않은가?"

두 팔을 양옆으로 뻗으며 하늘을 올려다보는 슐레스비히.

크롸롸롸롸!!

오두룡이 그에 화답하는 듯 포효를 내뱉는다.

위압감이 장난이 아니었다. 그에 아이란은 자신도 모르게 감상을 말해 버렸다.

"굉장하군."

"그렇지? 형제도 그렇게 생각할 줄 알았네. 그렇다면 이제 그 굉장함을 맛보시게."

그 말과 함께 오두룡의 입이 벌려졌다.

복부에서부터 끌어 올려져 다섯 개의 길로 나뉜다. 그것은 바로 숨결. 각자의 머리를 거치며 각자의 속성에 따라 완성된 다섯 숨결. 그 숨결은 곧 세상, 아니, 아이란을 향해 퍼뜨려졌다.

퍼뜨려졌다고 하지만 실상은 고밀도로 압축에 압축을 거친 슐레스비히 공작 특유의 강기가 그대로 쏟아진 것이다.

어쨌거나 용의 숨결은 쏟아졌고, 그 목표는 아이란.

한두 발도 아니고 일시에 다섯 발이 쏟아졌다. 피하려고 해도 발이 떨어지질 않는다.

슐레스비히 공작, 그리고 그의 손에 들려 있는 검.

아이란이 피하기 위해 발을 떼는 순간 즉시 달려들 것이다. 그렇다면 막아야 한다.

어떻게, 무엇으로 막을까.

고민에 고민을 거듭해 보지만 방법은 역시나 하나뿐.

힘에는 힘으로 막아야 한다. 조금 전 공격을 마신삽창으로 막았다. 그보다 강력한 것은 남은 한 초식.

고오오오!

아이란의 주위로 다시 한 번 기파가 퍼졌다.

세상에 홀로 선다.

독존.

능히 독존할 수 있으리라는 자신감의 원천.

그 원천이 또 한 번 검에 스며든다. 그리고 아이란은 다가오는 다섯 숨결을 향해 천천히 검을 내린다.

우우우우우웅!

카카카카카카카카카칵!

느릿느릿한 검. 그 참격이 용의 숨결을 베어간다. 이러한 느린 검 따윈 순식간에 날려 버릴 용의 숨결이지만 이 참격을 날려 버리지 못하고 오히려 힘 싸움을 시작한다.

검에 의해 용의 숨결은 갈리고, 용의 숨결은 검이 버티지 못할 때까지 지속된다.

이 길다면 길고 짧다면 짧은 싸움. 과연 그 승자는 누가 될 것인가.

장내의 두 사람.

아이란과 슐레스비히 공작.

두 사람 모두 각자의 승리를 의심치 않는다. 그리고 결국 결과가 나왔다.

"컥!"

누군가가 피를 토한다.

바로 슐레스비히 공작.

결국 용의 숨결은 아이란에게 닿지 못하고 베어졌다. 그러나 그것이 끝은 아니었다.

아이란의 검.

신마혼우정.

천절을 만나 진정한 힘을 개방한 그 검은 숨결뿐 아니라 오두룡조차 베어버렸다.

오두룡의 등장에 비해 허무한 결말.

압도적인 힘과 힘의 싸움이기에 단 일격에 결말이 난 것이다. 어쨌거나 결말은 났고, 오두룡은 패배해 쪼개졌다. 그에 영적으로 이어진 슐레스비히 공작이 타격을 입은 것이다.

그러나 섣불리 아이란의 승리로 단정 지을 것은 아니었다.

아이란의 복부엔 어느새 빛의 검이 꽂혀 있었다.

그 검이 누구의 소유인지는 뻔했다.

슐레스비히 공작. 그가 입가에 묻은 피도 닦지 않은 채 웃음 짓고 있다.

"이보게, 형제."

아이란은 복부에 꽂힌 빛의 검을 뽑으면서 대답했다.

"왜 그러하지?"

휘익! 탁!

뽑은 검을 그대로 슐레스비히 공작에게 날린 아이란. 공작은 가볍게 쏘아진 검을 잡아내며 말을 잇는다.

"후후, 내 친우에게 재미있는 이야기를 들어서 그런데……."

"……?"

"형제에게도 이러한 친구가 있다면서?"

친구?

'아!'

로물루스의 말이 머릿속에 번뜩인다.

그와 함께 슐레스비히 공작이 외친다.

"푸르손(Purson)!"

슐레스비히 공작의 등, 오망성이 회전한다.

수차례의 회전, 그 끝에 자리한 문양은 역(逆).

뒤집혀진 오망성에서 균열이 일어난다. 거대한 손들이 등장해 오망성을 찢으며 그 존재감을 드러낸다. 그리고 마침내 등장하는 몸체.

거대한 사자 형태의 탈을 쓰고 한쪽 어깨엔 곰의 머리가, 그 반대편 팔뚝엔 뱀이 휘감겨 있는 거대한 존재가 세상 모든 것을 짓누르는 위압감과 함께 등장했다.

모드레드 이후 또 하나의 거신의 등장이다.

CHAPTER
3

72명의 악마.

사자의 머리를 지니고 한 손엔 뱀을 들고 곰을 탄 악마.

—푸르손(Purson)

화르륵!

사자의 탈. 귀기의 푸른 안광이 번뜩이며 입에서 푸른 불꽃
이 숨결에 섞여 나온다.

지옥의 악마가 있다면 이러한 모습일까? 평범한 사람이라
면 보는 것만으로도 오금이 저릴 모습이다.

[슈나우드… 슐레스비히…….]

악마 같은 형상의 존재 푸르손. 그의 입에서 쇠를 긁는 듯
한 거친 목소리가 흘러나왔다.

[오랜만… 이로구나…….]

"후후, 그렇지. 오랜만이지. 오랜만의 바깥 세계는 어떠한가, 푸르손이여?"

[좋… 구나. 이 따사로운 햇살을 맞아본 것이 대체 얼마 만인지. 내 본 육신은 끝없는 붉은 지옥 속에서 고통받으나, 정신만은 이 잠깐의 외유를 즐길 수 있게 되어 아주 흡족하다.]

쇠를 긁는 듯한 푸르손의 음성이 점점 맑아진다. 말이 끝날 즈음엔 위엄이 가득한 왕의 음성이 되어 있었다.

"후후."

[그래, 나를 부른 것은 내 앞에 서 있는 저 그대의 동족 때문인가? 아니라면… 저 공간 너머에서 나를 응시하고 있는 내 동족 때문인가?]

"후후……."

[뭐, 그게 중요한 것은 아니겠지. 내게 있어 중요한 것은 이 보물과 같은 푸른 공기를 마실 수 있는 것. 그것을 마실 수 있는 한 본인은 언제나 그대에게 도움을 제공할 것이다.]

"그것이면 된다네, 형제여."

[그래, 나 역시 그 자세이면 된다, 슈나우드 슐레스비히.]

화악!

슐레스비히와의 대화가 끝나자 푸르손이 아이란을 응시했다. 귀광에 가려져 눈동자는 보이지 않았지만, 아이란은 푸르손의 눈이 자신을 응시하고 있는 것을 똑똑히 느꼈다.

[그대, 그대의 이름은 무엇인가?]

인외의 존재의 물음. 답할 것인가, 답하지 않을 것인가. 아이란의 선택은……

"아이란. 아이란 그락서스다."

답이다.

어차피 자신을 아는 슐레스비히도 있는 자리. 굳이 숨길 것도 없었다.

[반갑구나, 아이란 그락서스. 본인은 붉은 대지의 22개의 군단을 통솔하는 군단장 푸르손이다.]

"나 역시 반갑군. 그락서스 영지를 다스리는 백작 아이란이다."

[그렇군. 괜찮다면 그대와 함께하는 내 동족의 소개 역시 하여주지 않겠나?]

푸르손이 말하는 동족은 로물루스를 말하는 것이 틀림없다.

'로물루스.'

파앗!

로물루스의 이름을 마음속으로 부르자, 기다렸다는 듯이 아이란의 뒤 공간이 열리기 시작했다.

푸르손과 같이 공간을 찢어버리는 과감한 등장은 아니다. 그러나 이 기다림과 그로 인한 절제와 긴장감은 푸르손의 등장 못지않은 효과를 발휘했다.

웅장한 갑옷을 입은 강철의 거한.

위엄 넘치는 눈빛으로 세상 모든 것을 굽어보는 왕 로물루스, 그의 등장이다.

그의 한 걸음 한 걸음에 세상의 주목이 향한다.

[반갑군, 푸르손. 붉은 대지의 전사여, 본인의 이름은 로물루스. 죄를 뉘우치고 속죄를 행하는 상(上)의 죄인이다.]

[로물루스, 그대의 이름은 들은 적이 있다. 상국의 왕. 그러나 반역이란 굴레에 밀린 왕. 그러나 그대의 용맹만은 우리 붉은 대지에도 널리 알려져 있다.]

[그런가. 부끄러운 일이 널리 퍼졌군.]

[부끄러워하지 않아도 된다. 붉은 대지에서도 그대를 흠모하는 이들이 있으니까.]

두 신족의 대화.

그들의 세계를 모르는 아이란으로서는 들어도 들은 것이 아니다. 그것은 슐레스비히도 마찬가지인 듯 고개를 젓다 아이란과 눈이 마주치자 씨익 웃어 보인다.

"무슨 말을 하는 것인지 모르겠지 않나?"

그의 말에 아이란이 고개를 끄덕이자 그가 손바닥을 짝 친다.

"자! 오붓한 시간을 보내고 계신 두 분께는 죄송하지만 이

만 본론으로 돌아와야 하지 않겠습니까?'

[음!]

"여기 있는 그락서스과 저는 생사를 건 대결을 진행 중이었지요. 그러므로 그것을 이어가야 하지 않겠습니까? 아아~ 물론 오랜만에 동족을 상봉한 두 분의 이야기를 방해하고 싶지는 않습니다. 몇 번의 해가 뜨고 지더라도 계속 기다리고 싶은 마음이야 굴뚝같습니다만 제 사정도 사정이라서요. 두 분의 사정을 언제까지 봐드릴 순 없을 것 같군요."

슐레스비히 공작의 말.

요약하자면 이제 잡담은 그만하고 싸우자는 뜻. 그에 두 신족은 서로를 바라보며 고개를 끄덕였다.

[후후, 본인의 계약자가 성격이 급해서 말이야. 자신은 떠들기 좋아하면서 남이 떠드는 것은 참지 못하는군. 못 다한 이야기는 다음에 나눌 수 있으면 좋겠네, 로물루스.]

[그런 기회가 온다면 언제든 환영하네.]

[자, 그럼 시작해 볼까.]

파앙!

강렬한 빛이 아이란을 감쌌다. 그 눈부신 빛에 아이란은 눈을 감았기에 천지사방이 암흑으로 보였다. 그 와중에 자신의 몸을 둘러싸는 서늘하면서도 포근한 느낌.

이 느낌. 낯설면서도 익숙하다.

언젠가 한번 느껴본 것이다.

아이란이 눈을 떴다.

언젠가 겪어보았던 공간, 로물루스의 안이다.

[괜찮은가, 계약자여?]

로물루스의 물음에 아이란이 고개를 끄덕인다.

육성으로, 심음으로 답하진 않았지만, 로물루스와 이어졌기에 충분히 아이란의 뜻은 전달되었다.

[다행이군. 푸르손과 슐레스비히, 이 둘 역시 합일을 이루었다.]

과연 슐레스비히는 사라지고 아이란의 눈앞에는 푸르손만이 서 있다.

[푸르손 저자는 붉은 대지라 불리는 힘의 대지에서도 강력한 군단장. 하나의 군단을 소유하기도 힘든 그 대지에서 스무 개가 넘는 군단을 소유한다는 것은 그 힘이 강력한 영주라는 것을 뜻한다. 아마 저자의 힘은 본인과 비교해도 크게 밀리지 않을 것이다.]

'그렇군.'

[그렇기에 그대가 중요하다. 나와 푸르손의 차이는 미세. 그 미세한 간격을 더 벌리거나 유지하지 못할 시 추월당할 것이다, 아이란 그락서스.]

착각일까.

로물루스의 음성이 살짝 떨리는 것을 느낀 것 같다. 어쨌거나 이제 결전의 순간.

집중, 또 집중한다.

스릉!

그사이 푸르손은 팔에 감겨 있는 뱀과 어깨의 곰의 머리를 양손에 쥐었다. 그러자 뱀은 구불구불거리는 사검이, 곰의 머리는 중앙에 포효하는 곰의 얼굴이 새겨진 방패로 변했다.

아이란과 로물루스 역시 무기를 들었다.

지금 아이란이 생각하고 있는 무기. 강철의 거인에 맞는 거대한 클레이모어가 생성되어 로물루스의 팔에 쥐어졌다.

각자 저마다의 무기를 손에 쥐었다.

대치.

그것은 찰나.

팟!

로물루스와 푸르손, 두 거대한 전사가 서로를 향해 도약했다.

거대한 클레이모어의 이점을 살리는 베기! 거대한 칼날이 잔상조차 남기지 않는 속도로 적의 상반과 하반을 잘라내려 한다.

깡!

그에 방패로 막는 푸르손.

강철의 거인도 잘라낼 수 있는 베기지만 간단히 막힌다. 그것은 방패도 방패이거니와 푸르손 역시 로물루스에 뒤지지 않는 전사이기 때문.

방패라는 방어구를 최대한 활용하여 살짝 방패를 숙여 막아냄과 동시에 튕겨낸다.

그와 함께 그대로 돌진! 방패를 사용해 상대를 날려 버리는 한 수!

제대로 적중한다면 그대로 적을 가사 상태에 빠뜨릴 수 있는 무서운 수법.

피해야 한다. 그런데 어떻게?

막 강력한 공격을 날린 터라 아직 제대로 자세를 잡지 못했다. 공격을 피해 뒤로 물러설 수는 있으나 자세의 한계로 인해 완벽한 회피를 자신할 수가 없다.

'방법은……'

몇 가지 방법이 더 떠오른다. 그러나 역시나 회피를 자신할 수 없다. 그에 결국 아이란이 선택한 수.

쿵!

거대한 강철 거인이 대지를 향해 몸을 던져 뒹굴었다.

나려타곤.

구사일생의 수단이기도 하나 시전하는 것만으로 일생의 치욕이라 할 수 있는 수단.

결국 치욕을 감수한 덕분에 로물루스는 육체적인 피해 없이 회피할 수 있었다. 로물루스가 몸을 날려 피한 것에 살짝 놀랐는지 푸르손은 곧바로 후속타를 날리지 않았다. 덕분에 로물루스는 재빨리 일어서 자세를 바로잡을 수 있었다.

'방심했다.'

로물루스 안의 아이란이 조금 전을 되씹었다.

두 번째의 합일이라 완전히 적응되지 않았기에 의도치 않게 강한 공격이 나가 버렸다. 덕분에 나려타곤을 시전하여야 했고.

참을 수 없는 치욕. 그러나 흥분은 더 큰 치욕을 초래할 수 있기에 아이란은 마음과 함께 검을 부여잡았다.

눈을 가늘게 뜨며 적의 빈틈을 노린다.

방패를 들고 있는 푸르손.

더없이 단단해 보이는 완벽한 방어. 그러나 어딘가 빈틈이 있을 것이다.

완벽이란 단어는 존재치 않기에. 신이라 할지라도 완벽할 순 없기에.

빈틈을 살피고 또 살폈다. 그렇지만 아무리 살펴도 빈틈이 보이지 않는다.

이럴 땐 어떻게 해야 할까?

빈틈이 보일 때까지 기다려야 할까?

빈틈을 만들어 공격해야 할까?

아이란의 선택.

그것은 후자.

휘익!

로물루스의 검이 다시 한 번 베어졌다.

십전마신강의 지절 초식이 강철 거인의 손을 통해 세상에 펼쳐진다.

악룡대조.

강철 거인의 손에서 펼쳐진 악룡대조는 그 이름 그대로, 아니, 그 이상의 위력으로 발휘되었다.

크기에서 나오는 차이. 인간의 몸으로 구현할 때와는 느껴지는 박력만으로도 완전히 다른 기술이다.

스아아악!

악룡이 손톱을 방패로 막아내는 푸르손.

몇 번을 할퀴든 두 다리를 대지에 박은 듯 한 줌의 미동도 없이 모조리 막아낸다. 도저히 뚫을 수 없는 거대한 벽을 보는 것 같다.

스악! 스악! 스아악!

그 벽을 몇 번을 할퀴나 손톱만 상할 뿐 벽은 멀쩡하다.

암담한 상황.

결국 로물루스는 공수를 전환했다.

그가 수의 형세를 취하자 굳건한 철벽이 내려지고 수가 공으로 전환, 푸르손의 공격이 시작되었다.

뱀과 같은 사검 특유의 불규칙한 알 수 없는 궤적. 연검의 성질이 포함되어 있어 더욱 그렇다. 이리로 오는 것 같으면 저리로 오는 것 같고, 저리로 오는 것 같으면 이리로 오는 것 같다.

가히 수백 개의 검날이 존재, 공격해 온다.

저 검날은 모두 실체일까, 아니면 허상일까? 육안과 함께 담고 있는 기세를 본다면 모두 실체. 그렇다면 일일이 막아야 할까?

'아니다!'

부릅뜬 눈을 감는다.

현혹되지 않는다. 분명 저 모든 검이 실체일 수 있다. 그러한 무공 역시 충분히 존재하니까. 그러나 감이 말하고 있다.

저 검은 전부 실체가 아니다.

환과 쾌. 쾌와 환.

둘의 조화.

환이 실이 된 것 같지만 결국 환.

그 속에 숨겨져 있는 실을 막으면 깨질 환이다.

'느낀다.'

속지 않는다. 실을 느낀다.

살짝 떠진 마음의 눈. 그 눈으로 다가오는 수백 개의 칼날을 바라본다.

그 무엇보다도 빠르지만 그 무엇보다도 느리게 다가오는 칼날들.

그중 겉은 단단하지만 속은 비어버린 것들을 하나둘 지워나간다.

서두를 것은 없었다. 지금 이 순간은 찰나이지만 영원에 가깝기에.

지우고, 지우고 또 지운다.

그 마지막 남은 단 하나. 지금도 몸을 떨며 수많은 분신을 양산하지만, 생성과 동시에 지워진다.

아이란은 그 실의 칼날에 자신의 검을 가져다 댔다.

팟!

그 순간, 찰나이자 영원이 깨어졌다.

깡!

쇠와 쇠가 맞부딪쳐 울리는 소리.

그와 함께 세상을 가득 메우던 수백 개의 칼날이 깨어졌다.

[호!]

감탄사를 터뜨리는 푸르손. 그렇지만 그는 감탄만 터뜨리고 있지 않았다.

쉬이익!

곧바로 휘둘러지는 방패 공격. 그러나 이번엔 나려타곤이 등장할 상황이 펼쳐지지 않았다.

무난하게 방패 공격을 막은 로물루스. 게다가 막기만 할 로물루스가 아니다.

팡!

사모를 막고 있는 검에서 한 손을 떼고, 그 손에 강렬한 기세를 담아 내질렀다.

대기를 터뜨리며 작렬한 주먹. 그 주먹은 방패를 살짝 피해 푸르손의 몸에 작렬했다. 그러나 아무런 반응이 없는 푸르손. 이 정도 공격은 아무렇지도 않다는 표시다.

팟!

푸르손이 검과 방패에 힘을 실어 로물루스를 밀어냈다.

[역시 상의 왕이었던 자. 그 권능은 잃었어도 만만치 않군.]

[그대 역시 붉은 대지의 군단장답다.]

속에 있는 아이란과 슐레스비히와 상관없이 순수하게 서로를 칭찬하는 둘. 그러거나 말거나 속에 담겨 있는 이들은 서로에게 칼을 겨눌 생각뿐이다.

스릉!

[후후, 급하기도 하군. 그대 푸르손이여, 언젠가 테라에서 볼 수 있는 기회가 있겠지. 그때의 만남을 기약해야겠군.]

[즐겁게 그 순간을 기다리고 있겠네.]

둘의 전언은 그것으로 끝.

말 대신 다시 검과 방패가 서로를 향해 나아간다.

스악!

콰직!

검방이 오고 간다. 공격하고 막고. 그 무수한 반복.

중간 중간 강력한 공격이 나오긴 하나, 양측 다 무리 없이 막아낸다.

짧지만 치열한 1회전은 끝이 났다.

지금은 잠깐의 숨고르기.

이제 곧 시작될 2회전. 그때가 된다면 1회전 못지않은 치열한 전투가 시작될 것이다.


*       *       *


서로 공방을 주고받는 두 거신.

그들의 모습은 처음 등장했을 때와는 많이 달라져 있었다. 군데군데 깨져 버린 갑옷과 이가 나간 무기들. 무적의 철벽을 자랑했던 푸르손의 방패 역시 곳곳에 금이 가 있다. 그러나 외형과 달리 전투 모습은 전혀 달라진 점이 없었다.

아니, 오히려 진행 속도 면에선 더욱 빨라졌다. 떨어져 나간 갑옷의 무게만큼 몸이 가벼워지기라도 한 듯, 이제까진 그저 몸 풀기 정도였다는 듯.

이제 하나하나 치명적이지 않은 공격이 없다.

서로를 탐색할 만큼 탐색했기에 어떠한 공격이 상대에게 잘 통하고 통하지 않는지 로물루스도 푸르손도 잘 알고 있었다.

콰직!

푸르손의 검이 로물루스의 어깨에 작렬했다.

이제 형체만 남아 있던 어깨 방어구가 산산이 떨어져 나갔다. 이제 저 검이 어깨에 닿는다면 매끈하게 잘려 나갈 것이다. 그렇지만 아이란 역시 당하고만 있지 않는다.

쾅!

십전마신강 특유의 하이어 리히트가 활활 타오르는 일격.

그 검에 작렬당한 푸르손의 방패.

방패 역시 오색영롱한 하이어 리히트에 감싸져 있긴 했지만 그 충격을 이기지 못하고 금이 더욱 번졌다.

쾅!

다시 한 번 작렬!

결국 더 이상 버티지 못한 방패가 조각조각 부수어져 버렸다.

결국 양손으로 사검을 부여잡는 푸르손.

오색영롱한 하이어 리히트가 크기를 더욱 키워 한손검이

양손검 정도의 크기가 되었다.

그전과 비교해 전의 뱀이 살무사였다면 지금의 크기는 아나콘다.

방어를 버린 만큼 더욱 무섭게 진화한 뱀. 저 거대한 몸통에 휘감긴다면 그 순간이 바로 이 세상과의 하직. 세상에 남을 것은 누더기 조각으로 남을 시체뿐일 것이다.

스아아아, 츠츠츠츠츠츠츠츠츠!

아나콘다로 진화한 뱀과 암흑의 유성이 조우했다.

영롱한 아나콘다는 순식간에 유성을 감싸 그 몸으로 감싸매었다. 그 압력에 당장이라도 부수어질 것과 같은 유성. 그러나 버텨냈다.

오히려 어둠이 더욱 활활 타오른다.

아나콘다의 빛을 먹어치울 기세로 어둠의 불꽃이 무섭도록 인다.

아나콘다를 살라먹는 어둠의 불꽃. 결국 몸을 침범하는 어둠에 버티지 못하고 검을 놓아준 아나콘다.

그러나 뱀은 포기하지 않는다. 교활함의 대명사답게 로물루스의 빈틈을 어떻게든 발견해 이빨 박을 곳을 찾았다.

조그마한 빈틈만으로도 절체절명의 위기에 빠질 수 있는 상황.

로물루스와 아이란의 집중은 최고조에 달했다.

몇 번을 찔러오든 몇 번을 튕겨낸다. 검으로 막을 수 없어 팔을 이용해 막고, 그 팔이 휘감긴 적이 몇 번 있었지만 필사적인 탈출로 벗어날 수 있었다.

언제까지 이렇게 할 순 없다. 물론 이러한 공방의 반복도 언젠가는 끝이 날 것이다. 그러나 과연 언제 끝이 날 것인가?

또 누구의 승리로 끝날 것인가?

결국 그것은 체력과 지구력. 그 끝에서 대지에 서 있는 자는 지구력이 뛰어난 자일 것이 뻔했다. 그렇다면 아이란이 불리하다.

십전마신강.

아이란의 근간인 이 무공은 그 압도적인 파괴력만큼이나 소모되는 오로라의 양도 어마어마하다. 지금도 빠른 속도로 고갈되고 있다.

이 공방을 계속할 순 없다.

승부수.

여력이 남아 있을 때 승부수를 띄워야 한다. 적의 목덜미에 이빨을 박아 넣을, 아니, 그 목을 썰어버릴 승부수.

츠앙!

검을 맞대고 있는 이 순간에도 그의 힘은 빠르게 고갈되어 가고 있다.

궁리해야 한다. 저 뱀이 내 목덜미에 이빨을 박아 넣기

전에.

"큭!"

궁리로 인한 잠깐의 틈.

푸르손의 뱀이 검날을 구불구불 타고 올라온다. 뱀이 지나
간 자리에는 엉망으로 난도질된 손이 남았다. 상처 사이로 피
대신 붉은 연기가 새어 나온다.

금방이라도 떨어져 나갈 것 같은 손. 지독한 고통이 느껴지
는 손.

차라리 잘라냈으면 하는 그러한 고통이 느껴진다. 그러나
그럴 수 없다.

이 고통을 극복하고 이겨낸다. 그러기 위해 끝없이 궁리한
다.

'결국 그것밖에 없나?'

지절의 네 번째 수.

신마혼우정.

이제껏 아이란을 몇 번을 구해준 구원의 수. 완전한 천절의
힘을 가진 지금, 그 위력을 최대로 끌어낼 수 있다. 그러
나…….

'감당할 수 있을까?'

보통의 신마혼우정이라면 지금의 아이란의 성취로도 충분
히 감당할 수 있다.

처음의 그 감당할 수 없을 것 같은 반발력도 지금은 가뿐히 감내할 수 있다. 그러나 천절, 그것도 네 개의 힘을 전부 끌어올린 진정한 힘이라면?

지절에 천절을 하나 결합할 때마다 그 위력만큼이나 반동도 심해진다. 하나 더하기 하나는 둘. 그러나 거기서 하나가 더해지면 셋이 아닌 넷이 된다.

그런데 과연 천절을 네 개 다 결합한다면? 그 어마어마하게 강해진 힘을 감당할 수 있을까?

진자겸이라면 추호도 생각하지 않을, 오히려 장난으로 여길 고민. 그러나 그는 진자겸이 아닌 아이란.

그것도 생사의 기로에 선 상황.

과연 그는 어떤 선택을 내려야 할까?

도박, 생존이냐 죽음이냐를 결정지을.

어쩌면 이것 이외의 수가 있을지도 모른다. 버티다 보면 다른 수가 나올지도 모른다.

'그러나.'

그것은 가정일 뿐.

결국 그것도 도박이다.

게다가 뒤를 본다고는 하지만 그때는 아예 기회조차 오지 않을 수도 있다. 그렇기에 아이란은 지금 선택의 승부수를 띄운다.

츠츠츠츠츠츠츠!

로물루스의 몸 주위로 오오라가 피어오른다. 붉고 푸르며 검고 하얀 오오라.

악염, 마빙, 암뢰, 백풍.

가공할 네 가지의 기운.

[음!]

육안으로 보기에도, 느끼기에도 심상치 않다.

그에 공격하는 검에 더욱 힘을 싣는 푸르손. 로물루스가 어떠한 짓을 하려는지 모르지만, 저것이 자신에게 좋은 것이 아니라는 것쯤은 알고 있다.

파앙!

기세가 한순간 폭발했다.

그로 인해 강렬한 파장이 일어 모든 것을 튕겨냈다. 거대한 강철 거인인 푸르손 역시 그 파장에 휩쓸려 튕겨났다.

공중에서 겨우 자세를 잡아 착지한 푸르손.

그의 앞에 천천히 검을 들어 올리고 있는 로물루스가 보인다.

[그렇다면 나도 가겠다!]

푸르손의 검.

겉에 씌워진 하이어 리히트가 요동친다.

활활, 하늘까지 닿을 정도로 타오르는 하이어 리히트.

그것은 곧 한 형체를 이룬다.

비늘을 가진 기다란 몸. 그러나 뱀은 아니다.

안광이 번뜩이는 눈, 날카로운 이빨, 번쩍이는 뿔과 수염.

용.

그 용이 입을 벌렸다.

구오오오오오!!

천지에 가득 울리는 용음. 그러나 아이란은 아무런 영향도 받지 않은 채 자신이 할 일을 계속할 뿐.

그의 검이 최고의 자리에 올랐다. 그리고 이제 천천히 내려온다.

구오오오오!

한 번의 포효가 이어지고, 용이 달려든다.

로물루스 따윈 단번에 삼켜 버릴 수 있는 거대한 입을 벌려 달려드는 용. 그에 맞서는 로물루스의 검은 여전히 느릿느릿 내려올 뿐이다.

이대로 가다간 용의 이빨에 갈가리 찢겨 삼켜질 것이다.

마침내 다가온 용이 로물루스를 씹기 직전, 보이지 않는 힘이 용을 멈췄다.

바로 신마혼우정, 그 힘이다.

용은 그에 아랑곳 않고 로물루스를 찢기 위해 계속해서 달려든다. 신마혼우정은 그것을 막는다.

힘 싸움.

신마혼우정의 힘이 강하다면 용에게 먹히지 않을 것이고, 용의 힘이 강하다면 결국 로물루스는 먹힐 것이다.

츠츠츠츠츠츠츠!

로물루스와 용 사이.

공간 속에서 형체화된 기세의 불꽃이 튀었다.

츠츠츠츠츠츠츠츠츠츠!

치열하게 튀는 불꽃.

용의 이빨이 로물루스에 좀 더 가까워진다.

드르륵!

로물루스의 발이 밀린다. 그러나 그는 평온한 자세를 유지하며 검의 내림을 계속한다.

구오오오오오오!

이번에 밀린 것은 용. 그러나 곧 다시 자리는 원점.

한 번씩 주고받은 둘.

그 후로도 몇 번의 과정이 더 있었다.

로물루스가 삼켜지기 바로 직전도 있었고, 용이 완전히 밀려 버린 적도 있었다. 그렇지만 결국 원점으로 돌아왔다.

이제 로물루스의 검은 끝을 향해 거의 내려왔다.

저 검이 바닥에 닿는 순간, 그때 승자가 결정된다.

그 끝에 선 최후의 승자는 누가 될 것인가.

스르르륵!

마침내 검이 바닥에 닿았다.

스악!

그와 함께, 하늘이 반으로 갈라졌다.

구구구, 쿵!

거대한 무언가가 대지에 닿는 소리.

용.

그 거대한 몸이 반절로 쪼개진 채 대지에 널브러졌다.

스르르륵.

하이어 리히트, 즉 강기로 된 형체가 바람에 흩날려 바스라 지기 시작했다.

빛의 알갱이가 되어 사라지는 용.

거대한 용의 형체이지만 모두 사라지는 것에는 채 몇 분이 걸리지 않았다.

[……]

용이 사라지는 것을 말없이 지켜보는 푸르손.

쿵!

그의 손에서 검이 떨어졌다.

[즐거웠소, 로물루스와 아이란 그락서스여.]

[본인 역시 즐거웠소, 푸르손이여.]

[후후, 얼마 만의 패배인지 모르겠구나. 비록 내 본신의 힘

을 끌어내지 못하고 계약자의 뜻에 따라 움직이긴 했지만 결국 패배한 것은 이 몸 자신. 정말 오랜만에 패배라는 경험을 할 수 있었기에 나는 이번 계약을 후회하지 않소.]

[그렇군.]

[다음의 만남은 아마 이 푸른 공기를 마시는 녹빛의 세상이 아닌 우리의 세상에서 이루어지겠지. 그때의 만남을 기약해야겠군.]

푸르손의 말에 로물루스가 고개를 끄덕인다.

[이만 시간이 다 된 것 같구려.]

스륵!

그 말이 끝나기가 무섭게 푸르손의 몸 중앙을 기준으로 실선이 아래위로 생겼다. 그것은 정확히 푸르손을 이등분하는 선.

쩌쩌적!

선에 맞추어 조금씩 쪼개지는 몸.

[아, 마지막으로 한 가지 전해주리다. 왕, 그를 조심…….]

쩍!

푸르손의 말이 채 끝나기도 전에 그의 몸이 완전히 쪼개졌다.

거대한 강철 거인은 모래가 되어 바람에 실려 사라졌고, 그 자리엔 한 남자, 슐레스비히 공작만이 남았다.

무릎을 꿇고 두 손으로 땅을 짚고 있는 슐레스비히 공작. 그의 왼쪽 가슴, 심장이 자리한 곳이 뻥 뚫려 있다.

"컥!"

주르륵!

입과 함께 심장이 자리했던 곳에서 피가 쏟아져 나왔다.

"내, 내가 이렇게 죽게 되다니……."

심장의 위치를 부여잡아도 뻥 뚫린 그곳을 막을 수는 없다.

점점 숨이 가빠온다.

앞이 보이지 않게 된다.

로물루스와의 합일을 해제한 아이란이 뛰어가 그의 신형을 부여잡았다.

"그, 그락서스 백작……."

아이란이 뭐라 말하려는 그때,

"대공… 께서 그대를 찾을 것이……."

채 말을 잇지 못하고 슐레스비히 공작의 목이 꺾였다. 숨이 멎은 것이다.

[죽었군.]

"그래."

[이제 어떻게 할 것인가?]

"글쎄. 이제 생각을 해보아……."

쿵!

말을 하던 아이란이 쓰러졌다.

누적된 피로를 견디지 못하고 뻗은 것이다.

그에 로물루스는 아이란을 챙기려 하였다. 그러나 그때, 그
의 기감에 저 멀리서 한 사람이 접근하고 있는 것이 느껴진
다.

익숙한 이.

그라면 자신의 계약자를 잘 챙겨줄 것이기에 로물루스 역
시 모래가 되어 흩어졌다.

CHAPTER
4

너 자신을 알라(Gnōthi seauton).

　　　　　　　　　　　　　　—어느 현인이 신전의 기둥에 새긴 말

어둠에 물든 공간. 식별 가능한 것은 오직 그 자신뿐.

아이란은 그 어떤 어둠보다 깊은 곳에서 눈을 떴다. 아무리 고개를 돌려도 오직 보이는 것은 어둠뿐이다.

대체 이곳은 어디일까?

의문이 꼬리에 꼬리를 물고 이어진다.

왜 자신은 이러한 곳에 있는 것일까? 이곳에서 어떻게 해야 나갈 수 있을까?

그때,

파앗!

그의 정면에 빛이 비추어졌다. 비추어진 것은 바로 계단. 아이란은 계단을 올려다보다 한 존재와 눈이 마주쳤다.

"오랜만이로구나."

그 어떤 것이라 하더라도 본질을 꿰뚫어 보는 저 눈동자. 저러한 눈을 가진 사람은 온 세상을 뒤져도 단 한 명뿐.

그의 이름을 소리 내어 말하는 것조차 떨리지만 아이란은 두 눈에 힘을 주고 똑똑히 말했다.

"진자겸."

신마성주 진자겸.

아이란의 근본이라고 할 수 있는 존재.

"호오! 여(予)의 이름을 발설할 수 있게 되다니, 꽤 성장했구나."

아이란이 그의 이름을 말한 것이 꽤 마음에 드는지 흡족해하는 진자겸.

"그런데 왜 이곳에 왔느냐? 지금 보는 그 정도라면 어디 가서 맞고 다니지는 않을 터."

'어디서 맞고 다니다 눈을 떠보니 이곳이다'라고 차마 입을 뗄 수 없는 아이란이다.

그 기색을 눈치챈 것일까, 진자겸의 눈이 보름달과 같이 휘어졌다.

"뭐, 맞고 다니는 것도 나쁘지 않지. 그만큼 성장의 계기가 되니까."

"……."

묵묵부답. 아이란은 그저 입을 다물고 있었다.

"그때의 만남보다 성장한 것 같구나. 그러나 아직 멀었다. 여(予)를 더욱 즐겁게 만들 수 있도록 노력하라. 가라, 나의 광대여. 오랜만의 만남은 즐거웠다."

"그때의… 만남?"

진자겸과 만난 적이 있던가?

아이란의 머릿속이 혼란스러워졌다.

"후후, 그렇게 생각할 것 없다. 그럼 가보도록 하여라."

"잠깐! 묻고 싶은 것이……!"

휙!

진자겸이 손바닥을 휘저었다.

그 순간, 빛이 사라지고 다시 온 천지가 암흑에 물들었다. 그와 함께 아이란의 발밑이 꺼지고 그는 끝없는 무저갱 속으로 떨어졌다.

*　　　*　　　*

"……란!"

머리에 가득 울리는 누군가의 목소리.

익숙한 목소리다.

익숙한 목소리가 연신 무어라 말하고 있다.

"…이란!"

목소리가 말하는 것, 그것 역시 더없이 익숙하다. 마치 누군가의 이름을 부르는 것 같다.

'이름?'

생각한다.

누군가의 이름일까?

대체 누구이길래 저리 간절하게 부르는 것일까?

'…이란?'

생각이 나려고 한다.

조금만 더 시간이 있으면, 한 번만 더 불러준다면 바로 생각이 날 것 같다.

그 순간,

"아이란!"

'아!'

자신!

아이란! 바로 자신을 부르는 소리다!

아이란의 눈이 번뜩 뜨였다.

"오오! 눈을 떴구만!"

불쑥 그의 시야에 얼굴을 들이미는 존재. 그의 말이 머릿속에서 울려 인상이 절로 찌그러진다.

"아아, 너무 시끄러웠나? 이거 미안해서 어쩌나."

뒷머리를 긁적거리며 진심으로 미안해하는 상대. 아이란이 그를 향해 입을 열었다.

"아르낙스… 형님."

"오, 날 알아보겠어? 아, 그것은 당연한 건가?"

그의 잡소리는 여전하다. 그를 상대할 때 중요한 점. 자신의 용건만을 말하는 것을 되새기며 아이란은 계속 입을 열었다.

"여기는……?"

"여기? 당연히 동생 집이지."

나의 집?

눈알을 굴려 이리저리 살펴보는 아이란.

과연 익숙한 풍경이다.

"자, 그럼 동생도 깨어났으니 나는 이제 내 집으로 가볼까?"

아르낙스가 자리에서 일어섰다.

"동생은 푹 쉬라구. 다른 사람들에겐 깨어났지만 쉰다고 말해둘 터, 방해하지 않을 거야."

그의 배려가 느껴지는 말이다.

"아! 그런데 말이야."

"말씀하시죠."

"대체 거기 왜 있었던 거냐? 난장판이 된 주변은 대체 뭐고, 시체들은 또 뭐야?"

"그것은……."

아이란이 말꼬리를 흐리자 아르낙스의 눈이 가늘어진다.

"아아, 몰라. 가르쳐 주기 싫으면 말어. 난 딱히 상관하지 않으니까 말이야."

손을 휘휘 젓는 아르낙스. 그 모습을 본다면 정말 묻지 않을 것처럼 보인다.

"내가 자길 찾느라 얼마나 고생했는데, 설마 그런 것도 가르쳐 주지 않겠어? 내가 고생한 것이 대체 얼만데?"

라고 중얼거리지만 않는다면.

결국 고개를 젓는 아이란이다.

"형님에겐 못 당하겠군요."

"음? 진짜 가르쳐 주지 않아도 된다니까."

"정말입니까?"

"당연……! 근데 들어는 드릴게."

"……."

한숨을 내쉰 아이란.

'그래, 말하는 것도 나쁘지 않지.'

생각해 보면 나쁜 것도 아니다. 아군인 아르낙스에게 말하지 못할 이유도 없는데다가 아르낙스는 이미 신의 날개와 몇 번 겨어보지 않았는가.

그에 아이란은 아르낙스에게 신의 날개에 대해 알고 있는 점을 대부분 털어놓았다.

"호오! 그런 녀석들이 있었다니… 이것 참, 소설 속 이야기 같구만."

"그렇지만 현실입니다."

"그래그래, 현실이지. 그래서 동생이 그리 나뒹굴고 있었던 것이고."

"……"

확실하게 이해는 한 것 같다.

"자! 그럼 진짜 쉬도록 해. 이 방해꾼은 진짜 가보도록 하마."

"살펴 가도……."

"아, 그 조직에 대한 것은 나 역시 알아보도록 할게. 조만간 좋은 소식 가지고 올 수 있을지도?"

끼릭, 쾅!

끝까지 자신이 할 말만 하고 나가는 아르낙스. 어쨌거나 그가 나가니 세상이 조용해졌다.

아이란은 팔짱을 끼고 베개에 머리를 실었다.

사르돈 로드리게즈 후작.

브라간사 공작과 슐레스비히 공작.

신의 날개.

갓 깨어난 머리를 복잡하게 만드는 요소. 게다가 그것이 끝이 아니다.

진자겸.

어둠 속에서 잠깐 이루어졌던 그와의 만남.

그렇지 않아도 복잡한 머릿속을 더욱 복잡하게 만든다. 대체 무엇이었을까?

게다가 그의 말투.

'내가 그를 만난 적이 있다는 말투였다.'

기억을 더듬어본다.

과연 진자겸과 만난 적이 있던가?

한참의 시간이 흘러 도출된 답.

'아니, 없다.'

조금 전의 감정과 기억을 되새겨 본다.

짧지만 강렬했던 기억. 지금 생각하는 것만으로도 가슴이 요동칠 정도.

그러한 기억을 잊어버렸을 리가 없다.

그럼 대체 무엇인가?

자신의 기억이 소거라도 되었단 것인가?

'음? 소거라?'

소거.

이 말이 왜 이렇게 가슴에 와 닿을까? 정말 그와 만났던 때의 기억이 지워지기라도 한 것일까?

그랬다면 과연 누가…….

'어리석은 질문이었다.'

자책한다.

말 그대로 어리석은 질문이었다.

그와의 만남. 그 기억을 지울 사람은 단 하나밖에 없지 않은가.

'진자겸! 그가 나의 기억을 지웠다.'

가정이고 추측이다. 그러나 생각의 무게가 기운다. 이미 아이란은 확신까지 섰다. 그렇다면 남은 것은 하나.

'왜 지운 것이지?

이유가 무엇일까?

고민해 본다.

대체 무슨 이유로 지운 것일까? 내게 남아 있으면 안 될 이유라도 있는 것일까?

고민하고 또 고민해 보지만 모르겠다.

그 자신이 진자겸이 아닌 이상 그 누구도 알 수 없는 문제.

결국 아이란은 그것에 대해 생각하는 것을 포기했다.

피곤했다. 피폐해진 육신과 정신이 채 회복되지 않았는데 너무나 심력을 기울였다.

'조금 쉬자.'

아이란은 눈을 감았다.

곧 고요한 숨소리만이 남게 되었다.


\*     \*     \*


깨어난 지 며칠.

움직이는 것에 전혀 지장이 없을 뿐 아니라, 전투도 치를 수 있을 정도로 몸이 회복된 아이란.

활발히 몸을 움직이며 수도에서의 남은 일정을 처리해 나간다.

수도에서 주최되는 행사에 꼬박꼬박 얼굴을 내비추었으며, 그곳에서 안면을 튼 귀족들의 초청을 받아 그들의 저택에 방문도 하였다.

지금 역시 그러한 귀족 중 한 명의 저택에 방문하여 담소를 나누고 있다.

"호오!"

"하하! 그것이 얼마나 재미지던지. 말이 땅을 박찰 때 울리는 그 진동이 전차를 통해 그대로 전해질 때나, 창이 손을 떠날 때의 그 쾌감, 사냥감의 목덜미에 그대로 처박히는 짜릿

함, 이것은 이룰 말할 수 없을 정도의 감동을 제게 전해줍니다."

열심히 떠들고 있는 귀족.

수도에서 유행하는 '전차 사냥'이란 것을 주제로 한시도 쉬지 않고 말하고 있다. 그 앞에서 아이란은 그저 맞장구를 쳐줄 수밖에 없었다.

"과연, 말씀하시는 것만으로도 제가 해보고 싶어지는군요."

"하하, 그락서스 백작님 앞에서 이런 자랑이라니, 물고기 앞에서 수영을 한 것이 아닐까 싶습니다."

그라나니아를 질주하는 명마 중 태반이 북방, 그것도 그락서스 출신의 북방마. 북방마의 산지답게 말에 관해선 정통한 터라 하는 말이다.

"아닙니다. 아틀렌 백작님의 이야기를 듣고 있으니 새로운 세계를 발견한 것 같은 기분이 듭니다."

"그리 말씀하여 주시니 정말 감사합니다. 그렇다면 언제 기회가 될 시 참여하여 주시지요. 최고의 말… 아, 이것은 백작님께 있겠지요? 하하, 또 물고기 앞에서 수영을 할 뻔하였군요."

명마 중의 명마, 최고 중의 최고의 말을 소유하고 있는 아이란. 아틀렌 백작이 어떠한 말을 대령해도 아이란의 앞에선 빛이 바랠 수밖에 없다.

그것을 알기에 아틀렌 백작은 웃어넘기고, 아이란은 슬며시 미소를 지을 뿐이다.

"하하, 어찌 되었든 전차를 끄는 데 있어 최고의 놈과 최고의 전차를 준비하겠습니다."

"아틀렌 백작님의 성의를 보아서라도 기회가 된다면 꼭 참여하도록 하겠습니다."

적당히 화답해 준 아이란이다.

"그때가 기다려지는군요."

기대된다는 표정의 아틀렌 백작. 그러나 표정과 달리 그저 빈말일 뿐. 그 역시도 아이란이 참여할 것이라고는 생각지 않을 것이 분명했다.

"한참을 떠들었더니 배가 고파지는군요. 지금쯤이면 식사 준비가 끝났을 겁니다. 가시지요. 요즘 수도에서 유행하는 요리들을 준비했습니다. 분명 그락서스 백작님 역시 마음에 드실 것입니다."

"기대되는군요."

응접실에서 식탁으로 이동하는 내내 아틀렌 백작은 아이란에게 이러저러한 주제로 대화를 이었다.

며칠 후 대관식을 통해 왕이 될 데이비드 왕자. 그를 왕으로 옹립하는 데 큰 역할을 했기에 아이란은 데이비드 왕자의 최측근으로 알려져 있었다.

최측근까지는 몰라도 측근이기는 했다. 내전 후 다른 대영
주들을 견제하기 위해서라도 아이란이 필요했으니까.

어차피 한 배를 탄 운명이겠다, 데이비드는 아이란과 그락
서스에 최상급의 대우를 해주고 있었다.

당장 이번만 해도 영지전으로 인해 피폐해진 땅을 되살리
라는 명목으로 왕가에 납부하던 세금을 면제하여 주었다.

그 자신이 왕이나 마찬가지인 대영주이기에 형식상 왕가
에 납부하던 없는 것과 마찬가지인 세금이지만 없는 것과 있
는 것은 엄연히 다르다.

게다가 현 그락서스의 지출 사정으로 볼 때 세금이 비중을
꽤 차지한다.

어찌 됐든 이러한 특혜를 받고 있으니 최측근으로 인식, 킹
스로드 때 다른 줄을 탔던 사람들은 전부 필사적으로 아르낙
스와 아이란 등 일왕자 파벌에 줄을 섰다.

아틀렌 백작은 열성적이진 않았지만 가브리엘 왕자 쪽 줄
을 탔었다. 그렇기에 구원줄이 될 존재를 찾기 위해 혈안이
되어 있다.

"자, 이곳에 앉으시지요."

아틀렌 백작 부인과 그 아이들은 참여하지 않았기에 둘뿐
이다. 아틀렌 백작과 아이란이 마주 보고 앉았다.

"하하, 제 부인과 아이들을 그락서스 백작님께 소개시켜 드리고 싶었는데 아이들을 데리고 여행을 가서요."

말이 여행이지 실은 대피라는 표현이 맞지 않을까?

삐끗할 시 집안 전체가 풍비박산이 나는 것이 현재의 상황. 지금 당장이라도 차가운 감옥에 일가가 전부 수용될 수 있기에 부인과 아이들을 피신시킨 것이리라.

"허어, 그렇다면 아틀렌 백작님께서 외로우시겠습니다."

"하하, 괜찮습니다. 오랜만에 잔소리도 듣지 않고 아주 좋습니다."

"제겐 아직 먼 이야기로군요."

"그락서스 백작님께서도 결혼을 하면 아실 것입니다. 아, 혹시라도 현재 결혼을 생각하고 계시는 아가씨가 있다면 최대한 미루시길. 거성과 같은 현자가 남긴 말을 인용하자면 결혼과 죽음은 미룰수록 좋다고 하더군요."

결혼은 하지 않았지만 설득력이 있다. 공감이 가는 말이기에 아이란은 고개를 끄덕였다.

"아, 결혼 이야기가 나와서 말인데, 방금 전에 그런 말을 하여놓고 이런 말을 하긴 좀 그렇습니다만, 제게 아주 참한 딸이······."

"······."

그 스스로도 민망한지 살짝 얼굴을 붉히는 아틀렌 백작

이다.

'음? 그런데 아틀렌 백작에게 큰 딸이 있었던가? 분명…….'

칼이 전해준 정보엔 아틀렌 백작에게 결혼 적령기의 딸이 있다는 정보가 없었다. 아니, 아틀렌 백작은 젊디젊은 나이. 서른도 안 된 그 나이에 장성한 딸이 있을 리가 없다. 그 외 딸이 있긴 하지만…….

"그런데 아틀렌 백작님."

"네, 무엇이 궁금하십니까?"

"백작님의 영양은 분명 일곱 살이 아니었습니까?"

"하하, 잘 알고 계시는군요. 일곱 살이지만 정말 참하답니다."

"……."

"후후, 정 뭐하시다면 약혼을 진행 후 십 년 후에 혼인을 하는 것으로……."

"……."

아이란이 어이없다는 눈으로 바라보지만 사실 귀족 가문의 일이라면 이것보다 더한 경우도 빈번하다. 그것을 알기에 아이란은 곧 시선을 거두었다.

짝짝!

어색함을 덜기 위해 아틀렌 백작이 박수를 치자, 하인들이 수십 가지 요리를 내왔다.

요즘 유행하고 있는 방식으로 모든 음식을 한꺼번에 내와 화려함과 풍성함을 자랑했다. 그런데 요리 중 몇 가지가 눈에 띈다.

"사르딘?"

"오오, 알아보시는군요. 요즘 수도에서 최고로 유행하고 있는 사르딘입니다. 대륙산 향신료와 함께 요즘 최고의 몸값을 자랑하고 있는 녀석이지요. 북쪽에 위치한 영지에서 생산, 아주 소수로 시장에 출품되고 있지요. 백작 각하를 위해 아낌없이 최고 품질인 프라임(Prime)급을 구하느라 애를 좀 먹었습니다."

"……."

그렇지 않아도 틀림없다고 생각했지만, 북쪽 영지에서 소수로 출품되는 것이란 말은 쐐기를 박아준다.

"어서 맛을 보시지요. 한번 맛보시면 그락서스 백작께서도 빠져드실 겁니다. 후후, 그렇다면 저와 같이 이제 사르딘 없이는 식사를 하지 못하는 몸이 되시겠지요. 자, 무엇들 하고 있느냐, 그락서스 백작의 접시에 사르딘을 덜어드리지 않고."

"……."

말할까? 말하지 말아야 할까?

번뇌하는 아이란.

그는 결국 말없이 입을 다무는 쪽을 선택했다.

포크로 집어 맛보는 아이란.

순간 그락서스에서 식사를 하는 것처럼 느껴졌다.

영지에서 먹는 맛과 거의 흡사하다. 사르딘을 판매하며 조
리법을 담은 책자를 동봉하였기에 일어난 참사.

아틀렌 백작의 떠듦을 버텨내면서도 수도의 특색 있는 요
리를 기대한 아이란. 결국 그는 영지에서 먹던 것과 별다를
것 없는 식사를 하게 되었다.


                    *          *          *


며칠의 시간이 더 흘렀다.

아이란의 일생에서 가장 많은 사람을 만나고 친분을 쌓은
기간이었다. 그리고 오늘이 그 정점에 달하는 날이 될 것이
다.

"백작 각하, 이 옷은 어떻겠습니까?"

"아니, 각하께는 이 옷이 잘 어울립니다."

"그러한 스타일보다는 이러한 스타일이 더······."

전쟁터. 칼과 방패가 아닌, 옷과 화장품을 들고 하는 전쟁.

"아니, 나는 대충······."

적당히 아무거나 그저 몸에 걸칠 수만 있으면 된다는 보통 남자의 마음가짐을 가진 아이란. 그러한 그의 의견은 철저히 무시된다. 결국 아이란의 복식을 둘러싼 이 논쟁은 점점 과격해졌다.

"이것이 더 잘 어울리신다니까. 너는 눈이 있는 애니, 없는 애니?"

"이년이? 아, 죄송합니다. 백작 각하께서 계신데 상스러운 말을……."

결국 아이란은 한숨만 내쉴 뿐. 적당히 의견 조율을 마친 하녀들이 입혀주는 옷을 입는다.

아침부터 이러한 시간을 보내는 이유는 바로 오늘이 데이비드 왕자가 데이비드 왕이 되는 대관식, 국왕 즉위식의 날이기 때문이다.

"다 되었습니다."

"너무 멋지세요, 백작 각하!"

"맞아요! 그런데 이것을 입으셨으면 더욱 멋지셨을……."

"뭐야?"

"솔직히 맞는 말 아니니?"

"지금 해보자는……."

쾅!

지긋지긋한 것은 이제 사양이다. 아이란은 방문을 닫고 재빨리 나왔다.

"고생하셨습니다."

방문 앞에 서 있던 칼이 살짝 미소를 지어준다.

"후우, 오늘은 평소보다 더하군."

"그야 국왕 전하의 대관식이 아닙니까. 게다가 며칠 전의 사건으로 제가 하녀들께 귀띔도 조금 주었지요."

"귀띔?"

"후후, 책임질 일이 있다면 그 누구보다 먼저 지겠다고 하지 않으셨습니까? 저희는 부스러기나 치우고요."

"설마……."

아이란이 엉망진창이 되어 돌아온 것. 그것에 대해 분노하고 있는 것이 틀림없었다.

"그 설마가 맞을 겁니다. 뭐, 엄살은 그만 부리시고 이제 내려가시지요. 마차가 준비되었습니다. 백작님을 수행할 발론 자작님과 기사들이 아까 전부터 기다리고 있습니다."

"그, 그러지."

"전부 제 잘못입니다. 백작 각하를 믿어서는 안 되는 것이었는데."

"……."

"다음엔 어떠한 경우라도 수행원과 함께 가시는 것으로 알겠습니다."

"알겠네."

요즘 따라 조용히 감정을 표출하는 것이 많아진 칼이다.

그것이 나쁘다는 것은 아니다. 냉막한 얼음장보단 그래도 지금이 더 대하기도 편하니까.

'어쩌면 내가 다칠 때마다 감정이 늘어나는 것일지도.'

쓸데없는 가설. 그러나 왠지 설득력이 있는 가설이다. 정확히는 절제력이 줄어든다는 게 맞겠지만.

칼의 다양한 감정을 위해서라도 몇 번 더 위험에 빠져볼까 생각하는 아이란. 그러한 그도 감정이 조금씩 풍부해지고 있다는 것을 본인만이 모르고 있었다.

*　　　　*　　　　*

드르르륵!

바닥을 달리는 마차의 진동이 그대로 엉덩이까지 전해진다. 도시의 잘 정돈된 돌바닥이 아닌, 그저 땅을 단단히 다진 정도의 바닥이기에 가끔 돌 같은 것이 걸릴 시 진동도 심해진다.

드르르르!

잠시 후 마차가 멈추었다.

조용하던 조금 전과는 달리 사람들이 떠드는 소리가 가득

하다.

"도착했습니다."

발론 자작의 목소리.

아이란이 마차에서 내렸다.

각 가문의 문장이 새겨진 수많은 마차와 함께 인파가 보인
다. 그들은 이야길 나누며 갓 도착한 마차를 주목하고 있다.

그들 중 하나가 아이란을 향해 걸어온다.

"여어, 왔어?"

"아르낙스 형님."

아르낙스가 미소를 지어 보인다.

"이야, 멋지게 빼입었는데? 너 오늘 나랑 다니면 안 되겠
다. 레이디들이 내가 아니라 전부 네게만 관심을 쏟을 것 같
거든."

"레이디들의 관심은 필요 없지만 그 앞의 것은 마음에 드
는군요."

"뭐야? 이 녀석이!"

툭툭 아이란의 가슴을 치는 아르낙스.

"컥!"

그 순간, 아이란이 가슴을 부여잡으며 무릎을 꿇었다.

"헉!"

사람들이 당황했다.

특히 아르낙스.

"뭐, 뭐야!"

당장이라도 칼을 빼 드려는 발론 자작과 기사들.

"나, 나는 아무 짓도 하지 않았다구!"

억울함을 항변하는 아르낙스. 그때, 말없이 아이란이 일어선다.

"……."

"……."

"괜, 괜찮은 거야?"

당황한 아르낙스. 그에 아이란이 슬며시 웃으며 말한다.

"장난이었습니다."

"……."

일대 소란에 주목하던 다른 사람들이 황당한 표정을 지었지만 아이란은 상관없었다.

당황으로 물든, 한 방 먹었다는 아르낙스의 얼굴. 언젠가 한번 보고 싶었던 저 얼굴을 봤다는 것만으로도 만족하니까.

탁탁.

통쾌하고 후련한 표정을 지으며 아르낙스의 어깨를 토닥인 아이란이 그를 스쳐 다른 사람들이 모인 곳으로 다가갔다.

"야, 인마!"

뒤늦게 정신을 차린 아르낙스가 고함쳐 부르지만, 아이란

은 살며시 무시하며 아틀렌 백작을 비롯한 이들과 이야기를
계속 진행한다.

다가온 아르낙스가 아이란에게 꿀밤 한 대를 먹였다. 그것
을 본 모두가 웃음을 터뜨렸다.

그 후 몇몇 귀족이 더 합류했다.

올 사람은 다 온 것 같지만 사람들은 움직이지 않았다. 아
직 오늘의 주인공이 오지 않았기에.

조금의 시간이 더 흘렀을 때, 아르낙스가 눈을 빛냈다.

"왔다."

그 옆의 아이란 역시 보았다.

"오셨군요."

그들의 말에 귀족들이 눈을 가늘게 떴지만 그들에겐 아무
것도 보이지 않았다.

몇몇 무예를 상당한 경지까지 익힌 이들은 잠시 후 아이란
과 아르낙스가 말한 것을 볼 수 있었다.

그 후 한참의 시간이 흘러서야 일반 귀족들도 볼 수 있었다.

"아!"

"오셨다!"

저 멀리 한 사내를 필두로 한 행렬이 이곳을 향해 다가오고
있었다.

말이 아닌 두 다리를 통해 걸어오고 있는 선두.

이 나라의 왕이 될 자, 데이비드.

이 대지의 주인이 될 자가 대지와의 교감을 위해 맨발로 기도문을 외우며 걸어오고 있었다.

이 나라의 오랜 전통, 신성한 걸음.

그 한 걸음 한 걸음에 이 땅의 생명을 느끼며, 그에 짊어진 무게를 느낀다.

이미 발은 상처투성이. 그러나 굴하지 않고 끝까지 걷는다. 그리고 마침내 이곳에 도달했다.

척척척!

데이비드가 보일 때부터 길을 기준으로 양옆으로 각자 자신의 자리로 이동한 귀족들. 주인될 자가 그들을 지나칠 때마다 한쪽 무릎을 꿇으며 앉아 경배한다.

척척척!

어느덧 그 끝.

아르낙스와 아이란.

그들 역시 무릎을 꿇었다.

데이비드는 그들을 지나쳐 눈앞에 보이는 산을 향해 주저없이 발걸음을 내딛는다.

신성한 산 브로모.

그 정상의 신의 제단을 향해 9,999개의 계단을 오른다.

이제 데이비드는 홀로 성산에 오를 것이다.

그 끝, 그라나니아에서 제일 높은 곳.

하늘과 제일 가까운 곳이자 땅과 제일 먼 곳.

그곳에서 신들을 향한 경배를 올릴 것이다.

그 의식이 끝이 날 때까지 귀족들은 무릎을 꿇은 채 기다린
다. 그것이 몇 시간이 되었든, 며칠이 되었든 기다린다.

그들이 다시 일어서는 것은 대지의 주인이 다시 그들을 스
쳐 지나갈 때. 의식이 끝나고 하산해 그들을 다시 스쳐 지나
갈 때.

그때까지 그들은 기다린다.

CHAPTER
5

집으로.

The Way Home.

볼레로디움.

그라나니아의 유서 깊은 도시 중 하나이자 왕국의 수도. 평
소라면 도시 전역이 떠들썩하기 그지없어야 하건만 오늘은
엄숙하기 그지없다. 게다가 이상한 점은 그뿐만이 아니다.

시장에도 거리에도 사람들이 보이지 않는다. 그 흔한 거리
의 좌판도 없으며, 흥정하는 상인과 사람들도 없었다. 세상이
떠들썩하게 뛰어놀던 아이들도 없었다.

사람들이 사라졌다. 그러나 사라지지 않았다.

이곳, 볼레로디움의 정문.

왕궁까지 이어진 대로를 중심으로 길게 수많은 사람이 모여 있었다.

사람들이 모여 있으면 떠들기 마련이건만, 수만은 됨직한 사람들은 입 하나 열지 않았다. 그것은 어른도 아이도 마찬가지였다.

그들은 모두 숨을 죽인 채 성문만을 주목했다.

정적.

그 끝없는 정적 속에 한 아이가 입을 열었다.

"열린다."

그 말과 함께 모두의 귀에 울리는 소리.

구구구궁!

열린다!

굳게 닫힌 성문이 열리고 있다!

쿵!

마침내 성문이 완전하게 열렸다.

쿵, 쿵.

한 사람의 발소리가 모두에게 천둥같이 들린다.

그저 한 사람의 발소리이건만, 그 등에 걸린 무게가 한걸음 한걸음에 지진을 일으키는 것 같다.

찬란한 금의 복장.

지금 이 순간 그 무엇보다 빛나는 이.

신과 같은 사내.

이 대지의 주인이 된 남자가 그들의 앞에 모습을 드러냈다.

그에 마음속 깊숙한 곳으로부터 무엇인가가 끓어오른다.

부글부글 끓어오르는 감정, 지금 이 순간 자리한 모두가 느끼는 그 감정.

자리한 모두는 그 감정을 일순간 분출했다.

"우와아아아아아아!!"

"만세! 만세!"

"데이비드 왕 만세!!"

누군가 명령한 것도 아니다. 연습을 한 것도 아니다.

그저 이 자리에 있기에, 그 자신의 감정이 시키기에 끓어오르는 이 심정을 발산한다.

"우와아아아아아아!!"

"데이비드 왕 만세!!"

외치는 그 이름, 데이비드.

찬란한 황금과 같은 지배자가 자신의 영역을 선포하듯 두 다리로 한 걸음씩 내디딜 때마다 세상을 울리는 함성이 함께했다.

그날, 그라나니아의 새로운 지배자가 자신의 치세가 시작됨을 선포했다.

\*　　　\*　　　\*

드르륵, 드르르륵.

마차의 진동이 엉덩이를 타고 전신에 퍼진다. 그러나 팔짱을 끼고 눈을 감은 사내는 조금의 미동조차 보이지 않는다. 그저 묵묵히 진동을 감내하며 눈을 감고 있을 뿐.

그 앞에 누워 있는 사내는 이와 정반대.

머리에 깍지 낀 손과 뾰로통한 입.

'심심해.'

지금 이 순간 이 말을 그보다 더 잘 표현하는 이는 없을 것이다.

그의 이름은 아르낙스, 그리고 그 반대편의 이는 아이란이다.

"심심해."

"……."

"심심해."

"……."

"심심하다고."

"…그러시군요."

"어휴……."

아이란의 반응에 한숨만을 내쉬는 그.

"기대를 한 내가 바보지."

"맞습니다."

"······."

어이없는 눈으로 잠깐 아이란을 바라본 아르낙스. 결국 그는 두 번째 한숨과 함께 품속에서 작은 책 한 권을 꺼냈다.

'그 여자는 멋있었다.'

'······?'

아르낙스가 꺼낸 책의 이름이다.

'뭐랄까······.'

쉽사리 말을 이을 수 없는 아이란. 저 책의 내용이 궁금해진다.

'아, 그러고 보니 수도에서 저러한 책이 유행하고 있다던가.'

대륙에서 유행하고 있는 최신의 문학 작품. 뛰어난 여류 소설가가 썼다고 하는 걸작이다.

연극으로도 만들어졌다고 하던가. 파티에서 만난 여자가 연극은 제국에서만 상영하기에 볼 수 없어 아쉽다고 말한 것이 기억난다.

"흑흑, 다이니!"

갑작스레 아르낙스가 눈물을 흘린다. 냉정한 얼굴을 고수하던 아이란조차 깜짝 놀라 당황한 표정을 드러냈다.

"흑흑흑!"

그러거나 말거나 아르낙스는 책장을 넘기며 눈물을 훔친다. 손가락으로 다 못 훔칠 정도로 눈물이 흐른다.

스윽.

아르낙스의 앞에 건네진 하얀 손수건.

아이란이 건넨 손수건이다.

아르낙스는 그 손수건을 살짝 집어 눈물을 훔치곤 자신의 품안에 넣었다.

"……."

"흑흑흑."

다시 눈물을 흘린다. 품속에 넣어둔 아이란의 손수건을 꺼내 다시 눈물을 적신다.

결국 손수건을 돌려받는 것을 포기하고 창밖으로 시선을 돌리는 아이란. 그의 동공에 하늘과 대지, 그 사이의 길이 비추어졌다.

이 길은 북으로 향하는 길. 그의 땅, 그가 자라온 곳으로 향하는 길이다.

데이비드 왕의 즉위식이 무사히 끝이 난 지도 일주일. 더 이상 수도에 머물 필요가 없기에 아이란은 영지로 돌아가고 있었다.

그 과정에서 아르낙스는 덤.

언제까지나 수도에 머물 것 같던 그 역시 잠깐 영지로 돌아가야 한다기에 함께 이동하는 중이다.

드르륵.

마차 바퀴가 굴러가며 몇 번의 낮밤이 바뀌었다. 해가 등불이 되어 세상을 밝힐 동안은 달렸으며, 별과 달이 지붕이 되었을 땐 쉬었다. 새벽이 찾아오면 일행은 다시 출발했다.

마침내 몇 번째의 해가 중천에 올라섰을 때, 그들은 다리에 도착했다.

영광으로의 길.

그다지 좋은 추억이 존재하는 곳은 아니다. 웬만하면 가고 싶지 않은 곳. 그러나 저 다리를 건너면 마샬 공작령이다. 그리고 그 너머는 바로 그락서스.

중간에 존재하던 뮤톤은 이미 그락서스나 마찬가지였다. 아이란이 바로 그락서스의 백작이자 뮤톤의 백작이기에.

어쨌든 저 다리를 건너면 좋은 점이 있다.

'저 꼴을 보지 않아도 된다는 것이지.'

이미 손수건은 흥건하다 못해 물이 줄줄 흐른다. 그 옆에는 대체 어디서 꺼낸 것인지도 모를 책 여러 권이 탑을 쌓고 있다.

처음의 '그 여자는 멋있었다'를 비롯하여 '강아지의 유혹', '내 그녀에게', '증후군' 등 여러 책이 보였다.

하나같이 아르낙스가 읽으며 질질 눈물을 짜낸 책들이다. 지금 읽고 있는 책 역시 마찬가지.

'람피펠라?'

아마 그러한 제목인 것 같다. 어쨌거나 저러한 모습도 이제 곧 안녕이다.

"흑흑, 아이란."

"…예, 말씀하시죠."

"이 책 전부 네게 줄게. 꼭 읽어보도록 해. 가슴을 적셔주는 명작들이야."

'미쳤습니까?'

육성으로 욕이 튀어나오려 한 것을 아이란은 겨우 참아냈다. 인내, 또 인내. 그 깊은 침묵을 아르낙스는 승낙으로 받아들였나 보다.

"그럼 약속했다?"

"…예."

아르낙스가 내리면 그 즉시 버린다.

후에 물어본다면 전부 읽었다고 하면 된다. 내용을 물어보면 읽은 지 오래되어 기억나지 않는다고 하면 되고.

"아참, 책을 선물 받으면 감상문을 쓰는 게 예의인 거 알지?"

"……."

아이란의 앞, 새로운 고난이 찾아왔다.


*        *        *


사각사각.

녹음이 우거진 정원. 한 사내의 가위질에 사람의 키보다 높은 나무가 조금씩 가다듬어진다.

사각사각.

고요하다. 간간이 울리는 새들의 지저귐을 제외하면 들리는 것은 오직 가위질 소리뿐. 녹색 생명에 닿는 차가운 소리가 오싹하다. 그러나 그 결과물을 본다면 누구라도 감탄할 만한 작품뿐. 하나 과연 저 모습이 과연 그 생명이 원하는 모습일까.

"그런 것은 나와 상관없지. 나는 내가 보고 싶은 것을 보고 하고 싶은 것을 할 뿐."

정리하던 사내, 호엔촐레른 대공의 말.

아무도 듣는 이가 없기에 혼잣말에 지나지 않는다. 그러나 그 말에는 무시할 수 없는 무게가 담겨 있다.

"처음은 로드리게즈."

사르돈 로드리게즈.

그라나니아의 귀족원장이었던 그를 말하는 것이다.

삭둑.

"그리고 그다음은 브라간사."

삭둑삭둑.

"결국엔 슐레스비히까지."

두 명의 공작. 아이란을 생사의 위기에 몰아갔던 그들을 말함이다.

대공이 잠시 가위질을 멈추고 자신의 작품을 바라보았다.

"대체 무슨 일일까?"

"어떠한 일이기에 나의 권속이 하나도 둘도 아닌 셋이나 사라졌을까?"

"대체 그라나니아에 어떠한 일이 벌어지고 있는 것인가."

"황제의 자리가 멀지 않았다."

"단 한 발, 그 한 발만 내딛는다면 나는 황제가 될 수 있다."

"찬란한 황금의 옥좌. 구만구천구백구십구 개의 계단을 올라 인외, 단 하나의 존재가 되어 세상을 굽어볼 수 있는 자리."

"그 자리가 이제 내 것이 된다."

"그러나 불안하다."

"무엇인가?"

"대체 어떠한 일이 벌어지고 있는 것인가."

"그라나니아에서 벌어지는 일. 내게 남은 한 걸음. 과연 그일은 이 한 걸음에 영향을 줄 것인가?"

"그렇다면……."

작품을 바라보는 호엔촐레른 대공의 눈이 가늘어졌다.

무자비.

정성 들여 가꾼 것에 대한 애정 따윈 전혀 존재치 않았다.

싹둑.

"처리해야겠지."

대공이 몸을 돌려 정원에서 나갔다.

잠시 후,

구구구, 쿵!

작품, 아니, 조금 전까지 작품이었던 나무가 잘려 쓰러졌다.

\*          \*          \*

아르낙스를 내려준 후 마차는 마샬령을 넘어 뮤톤 백작령에 진입했다. 과거 뮤톤 백작가의 영지, 그러나 이제는 아이란의 소유가 된 영지.

이번 수도행의 성과로 아이란은 그락서스의 백작이자 뮤톤의 백작도 되었기에 지금부터 보이는 모든 땅이 모두 아이란의 소유다.

"분위기가 그리 좋지 않습니다."

뮤톤 백작령에 들어선 후 들린 첫 마을.

마차가 지나가는 것을 마을 사람들이 유심히 바라본다. 길거리에 멈추어 바라보는 이들도 있고, 창문을 통해 바라보는 이도 있다. 그 시선이 묘하다.

마차의 창을 통해 발론 자작이 소곤거렸다.

"유사의 경우도 생각하셔야겠습니다."

유사의 경우. 두말할 것도 없이 아이란을 노리고 공격해 오는 습격 등의 경우를 말한다.

아이란을 경호하기 위해 모든 경우를 생각해야 한다지만, 그만큼 뮤톤 백작령의 분위기가 좋지 않다는 뜻이기도 하다.

"조심하도록. 살기가 느껴지니까."

마차의 벽을 뚫고 아이란의 피부를 찌르는 이 흉한 기운. 주민들의 적의와 함께 마을 전체에서 느껴진다.

무엇일까. 주민들의 이러한 적의를 보내는 이유는?

"뮤톤 백작이 좋은 영주였나?"

아이란 스스로 생각해 본다. 뮤톤 백작에 대해서.

그는 독사라고 불릴 정도로 음험한 인물. 뱀의 가문답게 그는 뱀과 같은 인물이다.

그런 그가 좋은 영주였나?

그렇기에 그를 몰아낸 자신이기에 이러한 적의를 보내는 것인가?

"글쎄. 그것은 아닌 것 같은데."

아무리 생각해 보아도 뮤톤 백작은 좋은 영주 같지 않다. 게다가 점령 후 실시간 군정에서 조사할 때, 뮤톤 백작의 치세가 그리 좋지 않았기에 오히려 주민들을 쉽게 그락서스에 동화시킬 수 있을 것이라 보았다.

"그렇다면 왜 이런 적의를 보이는 것이지?"

혹시 자신이 없는 사이 어떠한 사건이라도 일어난 것인가?

"단장."

"예."

발론이 창으로 얼굴을 내밀었다.

"우리가 외지에 있던 사이 영지에 무슨 일이 있었는지 알아보도록."

"예, 마을의 관리에게 사람을 보내겠습니다."

잠시 후, 마을의 촌장 역할을 맡고 있는 노인이 도착했다.

그저 가문의 문장을 단 외지인의 방문인 것으로만 알았던 노인은 아이란 본인의 등장에 깜짝 놀라 절을 올렸다.

노인을 일으켜 그의 소개를 간단히 들은 아이란은 바로 본론을 물었다.

"이 마을의 분위기는 어찌 된 것인가? 이러한 분위기가 이 마을만 그런 것인가? 아니라면 영지 전체에 퍼진 것인가?"

"그게……."

노인이 털어놓은 이야기는 이러했다.

뮤튼 백작령이 함락되고 그락서스로 넘어가고 난 후 영지 전체 들어 분위기가 이상해졌다고 한다.

수많은 사람이 실종되고 곳곳에 시체가 널브러져 발견된다는 것. 이 마을에서만 해도 벌써 세 명이 실종되었다는 것이다.

그리고…….

"이것은 전부 그락서스 때문이라는 소문이 돈단 말이지……."

"예, 아뢰옵기 황공하옵니다만 그렇습니다."

누구일까? 대체 누가 어떠한 목적으로 이러한 짓을 저지르는 것일까? 어떠한 이득이 있기에?

"아무래도 총독부에 들러야겠군."

구 뮤튼령은 군정이 실시됨과 동시에 총독이 최고책임자로 부임하였고, 뮤튼령의 수도이던 메네치아에 총독부가 마련되었다.

원래는 메네치아를 들르지 않고 최단 기간 내로 그락서스에 도달하는 것을 목표로 삼았으나 계획을 변경했다. 몰랐으면 모르되 이러한 사건이 일어났는데 모른 척 지나갈 순 없었다.

"메네치아로 가자."

아이란의 명에 마차의 발길이 돌려졌다.

\*　　　\*　　　\*

"죄송합니다."

구 뮤톤 백작성, 현 뮤톤 총독부가 구성되어 있는 관저. 마중을 나온 총독 뮤토스 베르만이 아이란을 보자마자 사과를 올렸다.

"왜 사과를 하는 것이지?"

"모두 저의 잘못이기에 사과를 드리는 것입니다."

"무엇이 그대의 잘못인가?"

되물음에 침음을 삼킨 뮤토스가 어두운 낯빛으로 답한다.

"처음은 사고였습니다."

뮤토스가 말하는 사고.

처음의 시작은 점령지 전역에 병력을 퍼뜨려 점령을 확고히 하는 과정에서 발생했다. 뮤톤 백작가가 몰락했으나 여전히 그들을 떠받드는 지방의 가신들, 잔당에 불과했다. ·

그들에게 있어 그락서스는 침략자, 물리쳐야 적, 그 이상도 이하도 아니었다.

그락서스의 입장에서 보면 그들은 패배한 반란 분자였다. 결국 양반된 입장의 집단은 대치하였고, 무력 충돌이 일어날 뻔했다.

그렇지만 어느 측에서나 피를 흘리는 것은 좋지 않는 법. 양측 모두 그것을 알고 있기에 결국 협상을 했다. 그런데 그 과정에서 사고가 발생했다.

협상 과정 중 무기를 쥔 그들의 반응에 그락서스 측 병사가 무기를 휘두른 것.

그에 즉시 뮤톤의 잔당은 격분해 그락서스 측을 공격, 전투를 치르다 밀리자 영지 곳곳으로 도주했다.

그 후 상대는 산발적인 저항을 거치며 게릴라전을 거행, 죽음이 계속되고 있다는 것이다.

마을에서의 실종은 대부분 저항군에 참여하기 위한 주민들의 실종이었으며, 곳곳의 시체는 대부분 그락서스 병사였다.

"그대가 생각한 해결 방안은 무엇이지?"

사건의 해결을 위한 뮤토스의 생각. 뮤토스의 눈빛에 날카로움이 돌았다.

"…토벌입니다."

"최선이라 생각하나?"

"최선은 몰라도 차선은 된다고 생각합니다."

"최악일 수도 있다."

"생각할 수 있는 모든 경우를 고려하여 보았습니다. 평화적으로 진압할 생각도 해보았습니다. 그러나 저들은 협상을 할 생각이 없습니다."

"그런가."

"예. 게다가 지금은 양동이로 막을 수 있는 불이 조금만 더 시간이 지나면 산 전체를 태울 불이 될지도 모릅니다."

지금 이 시간에도 불은 더욱 커지고 있다. 끌 수 있을 때 그 불을 꺼야 한다. 그것을 말하는 뮤토스다.

"이미 반란 잔당의 근거지를 비롯해 진압에 필요한 모든 정보를 습득해 놓았습니다. 총독부의 병력을 이용해 단번에 들이닥친다면 큰 피해 없이 무난하게 토벌이 가능합니다."

"흠."

"명령만 내려주신다면 지금 당장이라도 토벌 작전을 실행할 수 있습니다."

"원래 이번 주 내로 토벌 작전을 실행할 생각이었나 보군."

"예. 혹 제가 잘못한 것이라 생각하십니까?"

"아니. 난 그대를 믿고 그대에게 총독의 위를 내렸다. 그대의 결정이 나의 결정. 그대가 심사숙고하여 내린 결정이라면 나 역시 같은 결정을 내렸을 것이다. 그대를 믿기에 나는 그대가 잘못한 선택을 내렸다고 생각하지 않는다."

"……."

뮤토스는 말없이 고개를 숙였다.

"총독."

"예."

"그대를 믿는다."

"…감사합니다."

그 후, 관저에서 하룻밤 보낸 아이란은 토벌에 참여하지 않고 그락서스로 향했다. 반란군을 토벌하는 데 참여, 도움이 될 수도 있었지만 그러지 않았다. 아이란은 뮤토스를 믿었다.

어쨌거나 마차는 계속 달렸고, 며칠 후 뮤톤을 벗어나 그락서스의 땅을 밟을 수 있었다.

참으로 오랜만의 그락서스로의 귀환이다.


\*　　　\*　　　\*


구름 한 점 없는 하늘. 새빨간 루비와 같이 불타오르는 듯한 붉은 하늘이다.

"붉구나."

붉게 물든 세상이 한눈에 보이는 드높은 탑, 한 사내가 탑의 정상에서 세상을 내려다보고 있다.

저 지평선 너머까지 펼쳐진 끝없는 도시가 전부 오렌지 빛으로 물들어 있다.

이 거대한 도시, 칼라드리아.

사내가 내려다보고 있는 도시의 이름.

발라티아 대륙 제일의 국가로 '제국'이라 불리는 유일한 국가, 그 이름만으로도 드높은 긍지를 자랑하는 나라, 칼라인 제국의 수도였다.

"정말 붉어."

감상하고 있는 사내, 제국의 유일한 대공으로서 호엔촐레른이란 성을 가진 제국 제일의 실력자.

황제의 권좌가 비워진 지금, 그 누구보다 드높은 자리에 선 자이자 제국의 황제에 제일 가까운 자로 위벨 호엔촐레른(Ubel Hohenzollern)이란 이름을 가진 사내다.

"후후, 저 붉음은 이제까지 흘린 피인가, 앞으로 흘릴 피인가."

위벨 호엔촐레른 대공의 말, 그 속에선 진한 피 냄새가 풍겼다.

이 끝없는 도시를 불태우고 무너뜨릴 피의 강. 이 사내의 결정에 따라 강이 흐를 수 있고, 흐르지 않을 수도 있다.

"가급적이면 흘리지 않으면 좋겠지."

어디까지나 가급적.

"흘려야 하는 상황이면 흘린다. 피하지 않는다. 부족하다면 충분히 흘린다. 그것이 나의 미래, 제국의 미래에 유익하다면 이 칼라드리아 전역을 불태울 수도 있다."

그는 각오가 되어 있다.

"피가 흐르는 계단이 보이는구나."

대공이 눈을 감았다.

어둠 속에서 끝없이 이어진 높은 계단이 보인다. 붉은 물감이 흐르듯 피가 흐르는 계단. 한 걸음 한 걸음 대공의 발자취가 계단 위로 향한다.

수없이 계단을 오르고, 마침내 그 끝,

피 칠갑이 된 옥좌.

웃음을 터뜨리며 대공은 그곳에 앉는다. 그의 손엔 제국의 황제를 상징하는 관과 홀이 들려 있다.

"그날은 온다."

그가 황제가 될 날을 말함이다.

"그러기 위해 준비한다."

그의 앞길에 방해가 되는 모든 것을 치운다.

호엔촐레른 대공의 고개가 살짝 옆으로 이동했다.

서쪽, 칼라인 제국의 서쪽.

그라나니아 왕국이 있는 알피나 섬을 향한 방향.

호엔촐레른 대공, 그의 눈동자가 번뜩였다.

　　　　　*　　　　　*　　　　　*

　익숙한 천장과 가구에서 나오는 나무의 향, 그것과 얽힌 책
들의 향기 등.

　창밖으로 보이는 하늘도 여느 때와 같이 푸르고 하얀 구름
이 띄워져 있다.

　언제나 같았을 방 안. 그러나 짧다면 짧고 길다면 긴 시간
동안 부재된 무엇인가가 이 풍경을 완성치 못했다.

　"흐음."

　오랜만이다.

　자신의 집무실에 들어온 아이란. 그가 들어서자 분위기가
바뀌었다.

　코를 통해 방 안의 향을 맡는 아이란. 일상으로의 완전한
귀환을 앞둔 그가 집무실 의자에 앉자 그 순간 부족함이 채워
진 완전이 되어 그 과거와 같은 모습이 되었다.

　일상, 그것이 완성되었다.

　스륵.

　아이란은 책상에 쌓인 서류 한 장을 쓰다듬었다.

　종이의 질감을 느끼며 눈을 감는다.

　"감상에 빠지셨군요."

　"아아……."

어느새 집무실에 들어온 칼.

"일상으로 돌아오신 것을 축하드립니다."

쿵!

"어마어마하군. '툭'도 아닌 '쿵'이라니."

"저도 확인하여 보고 놀랐습니다. 많이 쌓여 있더군요. 절반의 절반 정도 가져왔습니다."

"장난은……."

"장난이라 생각하시는 것이 나으실 겁니다."

"……."

아이란은 말없이 눈을 떠 쓰다듬던 서류를 들었다.

"다시 한 번 돌아오신 것을 축하드립니다."

"왕도가 그립군."

"아마 당분간은 가실 일이 없을 것입니다."

희망을 철저히 깨부수는 칼.

낙담한 아이란은 서류를 훑는다.

사각사각.

펜이 종이를 긁는 소리. 그것만이 고요히 방 안에 자리한다. 진짜 완전한 일상으로 돌아왔다.

조용히 물러서는 칼. 그가 방문 앞에서 잠시 멈추었다.

"오늘 점심때쯤."

"……?"

"귀빈이 방문하신다는군요."

"귀빈? 누구를 말하는 것이지?"

"그것은 점심이 되면 아실 것입니다."

그 말을 마지막으로 칼이 집무실을 나갔다.

"귀빈이라……."

누가 방문한다는 것일까?

수도의 거대 상단에서 거래를 하고 싶다고 의견을 타진했다는 서류를 확인하며 머릿속에 방문할 만한 리스트를 떠올려 본다.

가장 첫 번째로 떠오르는 대상.

히죽 웃고 있는 사내.

"아르낙스는 헤어진 지 며칠 되지도 않았지."

그런고로 아르낙스는 제외한다. 물론 예상치 못한 일격을 날려주는 그이지만 그 역시 영주인만큼 아이란과 사정은 별반 다르지 않을 것이기에.

"그렇다면 누구지?"

누가 그를 방문했을까.

스륵.

다음 서류로 눈을 돌린다.

북쪽의 어느 마을에서 난파된 배를 구조했다는 서류를 읽으며 다음 인물을 생각한다.

"……."

딱히 떠오르는 인물이 없다.

자신의 인간관계가 이리 협소했나? 살짝 자괴감이 든다.

가신들, 혹은 수도에서 사귄 귀족들의 얼굴이 떠오르지만…….

"굳이 나를 찾을 일이 없지 않은가."

그렇다. 그들이 굳이 아이란을 찾을 이유는 없었다.

"후, 점심이 되면 알 수 있겠지."

점심이 되면 알기 싫어도 알 수밖에 없다.

그때까지 아이란이 할 일은 서류와의 고독한 싸움을 계속하는 것.

서걱서걱.

펜이 종이를 긁는 소리가 집무실에 소소히 울렸다.


*          *          *


하늘 중앙에 떠 있던 거대한 구름이 산허리에 꿰어 저 너머로 넘어갈 때쯤, 반의반이라던 서류가 반이 되었을 때.

지루함에 뻗어 펜으로 의미 없는 낙서를 하고 있던 그를 구원하기 위한 신의 사자가 찾아왔다.

"점심시간입니다."

"아아······."

"손님께서는 이미 도착하셨습니다."

"그래?"

"예. 각하께 죄송하지만 손님을 먼저 모셨습니다. 식당에서 기다리고 계십니다."

"결례로군."

"죄송합니다. 각하께서 너무나 일에 열중하셔서······."

"빨리 가도록 하지."

찔리는 아이란이기에 걸음을 재촉했다. 평소보다 빠른 걸음. 신속하게 이동한 아이란은 식당에 도착했다.

거기서 아이란은 뜻밖의 사람을 발견했다.

"오셨습니까."

"그대는······."

반짝이는 은발의 미녀, 늘 보이던 가면을 벗은 그녀의 이름은.

"엘리자베스."

그녀가 찾아왔다.

"오랜만입니다, 백작 각하."

"그래, 나 역시 오랜만이군."

버켄 가문의 영애 엘리자베스 버켄. 후광이 비추는 그녀와의 해후. 참으로 오랜 시간 만이다.

"백작 각하께서 영지로 귀환하셨다는 소식에 수도행의 성공을 축하하며 아버님께서 저를 사절로 보내셨습니다."

축하와 함께 품에서 편지를 꺼내는 엘리자베스. 아이란은 그 편지를 받아 읽었다.

친애하는 주군이자 장래의 사위 아이란 그락서스 백작님께.

안녕하십니까, 백작님.

언제나 백작님만을 생각하는 백작님의, 백작님에 의한, 백작님을 위한, 백작님의 종 카일입니다.

"……."

초장부터 부담스럽다.

어쨌거나 아이란은 계속 읽어 내렸다.

추운 계절이 가고 봄바람이 다가왔습니다.

혹시나 겨우내 감기 등으로 고생하시진 않으셨는지요? 본인은 겨울이 다 가고 요즘 찾아온 감기로 고생하고 있답니다.

감기에 좋다는 차를 달고 살고 있으나 쉽게 떨어지지 않는군요.

백작님께서는 괜찮으신지요?

백작님께서 수도에서의 고단한 행군을 마치시고 영지로 돌아오신 이 기쁜 날, 직접 뵙고 싶으나 혹여나 이 감기가 백작님께 옮을까 싶어 그런 신성 모독을 일으키지 않기 위해 딸을 보냅니다.

딸을 보셔서라도 노여운 마음은 거두어주시길.


'천만다행이군.'

시종일관 떠벌리는 그의 모습이 편지에서도 고스란히 느껴진다. 그 대신 엘리자베스를 보낸 것은 그의 일생 최고의 선택, 두고두고 칭찬할 일이었다.

아저씨를 보는 것보다 아름다운 아가씨를 보는 것이 훨씬 좋은 것이 남자니까.

'그건 그렇다 치고, 좀 길군.'

조금이 아니다. 많이 길다.

카일 남작의 정성엔 미안하지만 거를 건 거르고 읽어야겠다.

서류 처리를 통해 얻은 기술.

그 기술을 발휘하여 중요하지 않은 내용은 순식간에 넘기고 핵심 내용을 찾아낸다.

'그래도 많군.'

언젠가 카일 남작을 만나면 짧게 좀 쓰라고 한 소리 해야겠다고 생각하는 아이란이다.

처음엔 그저 보통의 편지로 보였다. 그러나 작게 빼곡히 쓰여 있는 글자는 아이란의 눈이 계속 아래로 향하게 하였다.

"후!"

마침내 아이란이 편지를 다 읽었다.

지끈지끈 머리가 아파온다.

품에 편지를 갈무리하며 아이란이 엘리자베스에게 물었다.

"편지의 내용을 알고 있나?"

"모릅니다."

"앞으로 그대를 이곳에서 지내게 해달라는군."

그에 눈이 동그래지는 엘리자베스다. 그 모습을 외면하며 아이란은 편지의 내용을 곱씹었다.

엘리자베스의 주재 건 외에 한 가지가 더 있었다.

'결혼식 날을 잡자… 는 것은 아니고.'

그것 역시 적혀 있었지만 중요한 것은 그것이 아니다.

'동방에서 강대한 위협이 다가온다니. 그것이 무슨 소리일까?'

카일의 편지에 적혀 있는 내용. 엘리자베스 건보다 이 내용이 더 핵심이다.

그락서스 백작 각하를 노리는 거대한 위협이 동방에서 다가오고 있습니다. 이것은 백작 각하의 크나큰 시련이며, 백작 각하는 견뎌내고 이겨내셔야 합니다.


편지의 말미에 적혀 있던 문장.

'동방이라고 하면 대륙을 말하는 것인가?'

그라나니아의 알피나 섬의 동쪽, 발라티아라는 본토가 자리한다.

알피나의 동쪽이니 동방일 터. 그곳에서 위협이 아이란을 향해 찾아온다는 뜻으로밖에 해석할 수 없었다. 그렇다면 발라티아에서 어떠한 위협이 찾아온다는 것일까?

발라티아에서 아이란을 위협할 수 있는 세력이란…….

'아!'

그의 머릿속에서 번뜩이는 한 세력. 날개를 문장으로 삼고 있는 조직.

'신의 날개!'

이제까지 아이란의 앞길을 몇 번이나 가로막은 조직.

야로스 자작의 난에서부터 시작해 두 공작까지, 아이란의 시련은 전부 이 조직과 관련이 있어왔다.

몇 번이나 그들을 격파했지만 그것은 그들의 일부. 진정한 실체는 아직 아무도 모른다.

처음 그들에 대해 알았을 때부터 정보 조직을 가동했지만 변변한 단서 하나 못 찾고 있다.

동방으로부터 위협이 다가온다. 분명 신의 날개와 관련 있는 것이 틀림없었다.

'과연 이번은 그 누가 아이란을 찾아올 것인가.'

이제까지 셋의 날개를 만났으며 쓰러뜨렸다.

첫 번째 만난 날개, 광기의 날개 사르돈.

그를 쓰러뜨리자 나타난 두 날개, 절제의 날개인 브라간사와 기만의 날개인 슐레스비히.

그들은 사르돈과 비교했을 때 한 차원 높은 강자였다. 사르돈이 당했기에 한 차원 높은 강자인 그들이 온 것이다. 그렇다면 이번 경우는?

그러한 강자인 브라간사와 슐레스비히가 하나도 아닌 둘이 당했다. 분명 더 강한 자가 아이란을 찾을 것이다.

'내가 할 수 있는 일은⋯⋯.'

그들을 맞을 때까지 힘을 키워놓는 것.

입맛이 싹 달아나는 점심시간이었다.

CHAPTER
6

마음에 흡족함.
모자람 없이 충분함.

─만족(滿足)

늘 같은 일상.

돌 하나가 굴러들어 와봤자 무엇이 바뀌기는 할까 생각했지만, 그 돌은 꽤 많은 것을 바꾸었다.

"이쪽은 이 장식보다는 창고에서 보았던 골동품을 올리는 것이 좋을 것 같은데요?"

"예, 아가씨. 당장 가져오겠습니다."

"아가씨, 이 커튼은 어떻게 할까요?"

"음… 이 밝은 커튼보다 조금 어두운 커튼이 나을 것 같네요. 지금 커튼은 조명이랑 잘 어울리지 않거든요. 교체할 커튼도 아마 창고에 있을 것이에요."

"알겠습니다."

고요의 일색이던 그락서스 백작성이 오랜만에 떠들썩하다. 오랜만에 주인이 돌아온 것도 있지만, 그것보단 한 사람의 존재 이유가 컸다.

엘리자베스. 아름다운 미녀의 인도로 백작성이 활기에 차있다.

"나쁘지 않군."

사람의 생기가 발랄하게 느껴진다. 무거웠던 백작성의 공기가 가볍다. 언제나 무거운 공기를 마시던 아이란으로선 낯선 변화였으나 그리 나쁘지 않았다.

"아, 오셨습니까?"

아이란을 발견하고 다가오는 엘리자베스. 조금 전 하인들과 편하게 이야기를 나누던 것과 달리 격식을 갖추었다. 그점이 왠지 섭섭하다.

"편하게 대하도록."

"아닙니다. 백작 각하께선 제 아버님의 주군이십니다. 그러한 분께 함부로 말을 할 순 없지요."

엘리자베스의 말에서 철벽이 느껴지는 아이란이다.

"그렇다면 어쩔 수 없지."

"죄송합니다."

"죄송할 것이야……. 그래, 일은 어떠한가? 굳이 자네가 하지 않아도 될 것인데?"

"괜찮습니다."

'제가 좋아서 하는 것이기에…' 라고 덧붙이는 엘리자베스.

아이란은 살짝 고개를 끄덕인 후 놀랍게도 달라진 회장을 바라보았다.

평소의 칙칙한 고성 분위기와 백팔십도로 달라진 회장. 며칠 후 그락서스의 전승 연회가 열릴 장소이다. 그리고 엘리자베스는 이 회장의 꾸밈을 통솔하고 있었다.

고마운 일이지만, 손님에게 이러한 일을 시킨다 하여 다른 이들이 흉이나 보지 않을까 걱정이다.

'물론 그들이 저 모습을 본다면 입을 싹 닫겠지만.'

진심으로 즐거운 듯 요리조리 다니고 있는 엘리자베스.

그녀의 지시에 실시간으로 회장이 달라진다. 이러한 속도라면 오늘 중으로 완성될 것 같았다.

'저녁은 특식으로 준비하여야겠군.'

며칠 같이 지내보아 아이란을 알 수 있었다. 이슬만 먹고살 것 같은 외모와 달리 그녀가 음식을 아주 좋아한다는 것을.

이야기를 하여보니 다양하고 맛있는 음식을 즐기는 것이 취미라고 하였다. 남작령에선 스스로 요리를 한다고도 하였고.

그러한 그녀에게 수고에 대한 보상으로 맛좋은 요리를 제공한다. 이 정도라면 부담을 가질 일도 없고, 본인도 기뻐할 터이니 일석이조이다.

주방장에게 오늘은 특히 더 신경 써 준비하라고 말을 해놓아야겠다고 생각하는 아이란이다.


*          *          *


며칠 후, 엘리자베스의 손길이 닿은 회장에서 연회가 열렸다.

주최자인 아이란이 개회를 선포를 하자 그락서스 각지에서 모인 귀족들이 박수와 함께 함성을 보낸다.

젊은 귀족 남녀들은 음악과 함께 춤을 즐기고, 나이든 귀족들은 서로 이야기를 나누었다. 그들 중 어느 정도 경력이 되는 귀족들이 아이란에게 다가간다.

"축하드립니다, 백작 각하. 뮤톤의 대지는 앞으로 그락서스에 황금의 여명을 가져다줄 것입니다."

"고맙군. 아이는 잘 지내고 있나?"

"예, 백작 각하의 염려 덕분에 무럭무럭 잘 자라고 있습니다."

"언제 한번 데려오도록. 보고 싶군."

덕담을 나누면 줄을 서서 그다음 차례를 기다리는 이가 다가온다.

이러한 과정을 몇 번이나 반복한다. 그들과도 잠시 이야기를 주고받은 후 잠깐 한산해진 틈, 그 틈을 노린 한 사람이 접근한다.

"오랜만입니다, 사위."

"…남작이로군."

"후후, 남작이라뇨. 저희 사이에 그리 딱딱한 호칭은 어울리지 않습니다."

"딱딱한 호칭? 그렇다면 딱딱하지 않은 호칭은 어떤 것이 있지?"

"아주 많습죠. 가령 장인… 이라거나?"

"장인이라……. 내게 장인이라 할 사람은 아직 없는데 말이지."

"뭐, 지금은 없을지 몰라도 그리 머지않아 생기지 않겠습니까?"

상대의 이 넉살에 아이란은 할 말을 잃었다.

얼굴에 철판을 깔고 뻔뻔하게 자신의 할 말을 다 하고 있는 상대. 나이로 인해 색이 조금 바랬지만 반짝이는 은발을 자랑하는 사내, 버켄의 가주인 카일 버켄이었다.

"그런데 엘리자베스 그 아이가 보이는 않는군요. 아마 자신의 방에 있겠죠? 그 아이는 미의 저주를 강하게 타고났습니다. 아비인 저와는 정반대이지요. 아마 제 몫이 그대로 그 아이에게 간 듯합니다. 그래서 늘 미안하게 생각하고 있지요."

뻔뻔함으로 무장하던 카일의 얼굴에 죄책감이 돌았다.

"그렇기에 그 아이는 이러한 연회 같은 행사에 절대 참석하지 못한답니다. 어릴 적 처음이자 마지막, 가장 즐거운 기억으로 남아야 할 연회 때 사달이 일어났거든요."

"……."

아픈 기억. 값싼 동정으로 비춰질 수도 있기에 쉽사리 위로를 보낼 수도, 그렇다고 보내지 않을 수도 없는 상황이다.

그 마음을 알아챈 것인지 카일 버켄이 슬며시 웃는다.

"괜찮습니다. 이제 백작께서 그 아이를 행복하게 해주시면 되니까요."

"……."

원점으로의 회귀다.

적절한 주제를 찾아 대화의 방향을 바꾸는 것이 최선이다. 다행히 마땅한 소재거리는 있었다.

"아, 편지는 잘 받았네. 그런데 그 내용 중 동쪽으로부터 위협이 찾아온다니, 그것은 무슨 뜻인가?"

빙긋.

카일의 웃음.

"그것에 적힌 내용 그대로입니다."

"그대로?"

"예, 그대로."

미묘한 알 수 없는 웃음을 짓는 그. 추궁을 할 마음도 사라지게 만든다.

"저는."

"……?"

"가끔 미래를 볼 수 있습니다."

"……."

이것이 무슨 소리인가?

카일 버켄. 이 사람은 사람을 얼빠지게 하는 재주가, 그것도 특출 나게 있음이 틀림없었다.

"주위 사람에 한해서입니다만, 꿈에서 미래를 볼 수 있지요. 물론 구체적인 것은 아닙니다. 그저 느낌? 그런 것이지요."

"……."

"그래도 적중률은 꽤 높습니다. 제 부모님이 돌아가실 때도, 엘리자베스가 태어났을 때도 도움을 받았지요."

"그렇군."

"그 사건 역시 느꼈습니다만, 그것은 너무 뒤늦은 뒤였죠.

사건이 일어나고서야 이것이 그것을 뜻한 것이었단 것을 알았습니다."

마지막에 가선 참담하게 얼굴이 일그러진 카일이다.

"뭐, 그것은 지난 일. 그럼 저는 이만 가보겠습니다."

"아, 그러도록."

"다음에 만날 때는 장인이라고 불러주시길."

그 말을 마지막으로 카일 버켄이 꾸벅 인사를 한 후 모여 있는 인파로 다가갔다.

그가 특유의 친화력으로 자연스레 섞여들어 가는 것을 바라본 아이란은 테라스 쪽을 바라보았다. 밤에 주최되는 연회답게 별들이 장식된 밤하늘이 보인다.

주변을 둘러보니 당분간 그를 찾을 이는 없어 보이기에 테라스로 나갔다.

시원한 밤바람과 함께 그를 맞아주는 한 사람.

"어?"

아이란이 들어온 것이 당황스러운지 깜짝 놀란다. 달빛에 비쳐 찰랑거리는 은빛 머리칼을 가진 주인공, 그녀는…….

"엘리자베스."

푹 고개를 숙이고 있는 그녀는 엘리자베스였다.

연회에 참석하지 않겠다던 그녀가 이곳에 있다니? 게다가 조금 전 카일 버켄에게 들은 대로라면 연회에 좋지 않은 기억을 가진 그녀다. 이곳을 찾을 이유가 없다는 말이다.

왜 그녀가 여기에 있을까?

"좋은… 밤이죠, 백작님?"

"…그렇군."

"달이 참 밝아요."

평소의 딱딱한 모습이 아닌, 또래의 숙녀들과 같은 말투. 생긋 웃으면서까지 말하니 후광이 비추어지는 여신과도 같은 모습이다.

한순간이지만 어두운 세상이 정오보다 밝게 보였다.

'이러한 감정은 처음이군.'

심장의 펌프질이 빨라지고 평소보다 빠르게 몸을 도는 혈액이 고스란히 느껴진다.

전투가 아닌 상황에서 이러한 변화는 처음 느껴보는 아이란이다. 왠지 얼굴도 붉어진 것 같다.

이러한 모습을 들키지 않기 위해 아이란은 고개를 돌려 밤하늘을 올려다보았다.

"저… 백작님?"

무시할까? 아냐. 대답해야 해. 그럼 무어라고 대답해야 하지?

아이란의 머릿속에서 첨예하게 대치하는 생각들.

"백작님?"

"왜 그러지?"

"그러고 보니 이 말을 전해 드리지 못한 것 같아서요."

의아함을 담고 엘리자베스를 바라본다.

생긋.

그녀의 눈이 초승달처럼 휘어진다.

"축하드려요."

'아!'

그렇지 않아도 빨랐던 혈액의 흐름이 더욱 빨라진다.

아이란.

평생 느껴보지 못한 감정을 느끼는 밤이었다.


*　　　　*　　　　*


그락서스가 며칠 전의 연회로 나른한 분위기에 젖어 있을
때.

수도의 왕궁에선 때 아닌 비상사태가 벌어졌다.

이리저리 궁인들이 바쁘게 움직이고 있으며, 병력 역시 바
쁘게 움직이고 있었다.

반짝반짝.

하녀들의 걸레가 사방을 훔칠 때마다 번쩍번쩍 빛이 났으
며, 하인들은 정원을 비롯해 성벽의 벽돌 하나하나까지 깨끗

하게 정리했다.

갑자기 강화된 경비로 병력들이 이리저리 뛰어다니는 것 역시 다반지사.

전체적으로 왕국은 바빴다. 그것도 매우.

이들이 매우 바쁘게 움직이는 것은 갑작스레 방문하기로 한 존재 때문이었다.

유일한 제국, 대륙의 패자에 가장 가까운 나라.

칼라인 제국.

그곳에서 갑작스레 사신의 방문을 통보했다.

그것도 한 달이나 두 달 뒤도 아닌 이번 주 당장. 미룰 수 있다면 미루려 하였으나 사신은 이미 출발한 뒤라고 연락이 왔다.

결국 그 결과가 이것이다.

벼락치기. 시험을 앞둔 학생의 심정으로 닥치는 대로 정비한다.

억울하다면 억울하지만 어쩔 수 없는 상황이다.

그 억울한 나라의 주인 데이비드는 집무실에 앉아 손을 교차해 얼굴을 받쳤다.

"전하!"

쾅!

평소라면 절대 일어나지 않을, 용납해서도 안 될 상황. 그러나 상황이 상황이니만큼 그러한 것을 따질 겨를이 없었다. 실제로 따질 마음도 없는 데이비드 왕이 그대로 들어온 이에게 묻는다.

"출발한 것인가?"

"예. 그라나니아를 향해 제국의 사신단이 출발하였다고 합니다. 마법 통신을 통해 즉각 얻은 정보입니다."

"흠! 사신단의 구성 인원에 대해 아직 알아낸 것이 없는가?"

국가와 국가 간에 사신을 보낸다면 '이러이러한 이가 갈 것이다' 라고 통보를 해주는 것이 관례이며 예의이다. 그러나 이번 제국의 방문은 모든 것이 베일에 감추어져 있었다.

오죽하면 이제 출발한 것도 아니고 이곳에 도착하기까지 사신단의 구성을 모를까.

"예. 몇몇 귀족과 부단장까지의 정체를 확인하긴 했습니다만, 정확한 정보를 얻을 순 없는 상황으로 철저해도 너무 철저하다고 합니다."

"흠. 그래, 부단장이라도 알아냈다니 다행이군. 부단장이 누구지?"

"슈니발 백작입니다."

"허, 제국의 용맹한 사자라던 슈니발 백작 말인가?"

"예, 맥나타니아 전선에서 활약하던 하얀매라고 불리던 슈니발 백작이 맞습니다."

"그러한 거물이 단장도 아닌 부단장. 결국 단장은 최소 슈니발 백작과 동급, 혹은 그 이상이란 소리군. 대체 누구인가? 백작? 후작?"

"최대한 빨리 정보를 수집하겠습니다."

"수고해 주게. 하, 대체 어떠한 인물이 행차하실지 궁금하기 짝이 없구나. 외교성의 부성주인 아만 후작이 오려나? 아니지. 성주인 로차일드 공작이 올 수도 있다."

하지만 아무리 추측을 해보아도 딱 떨어지는 인물이 없었다.

"최근 제국의 황위가 대공에게 돌아갈 것이 거의 확정되었지. 그렇다면 대공 측 인물이 올 수도 있다. 대공 측 인물 중 고위 귀족은 대공 본인을 비롯하여 오공작과 제국 열여덟 영지의 영주, 중앙 황실군의 군단장, 혹은 기사단의 단장들."

고위 귀족만 나열해도 끝이 없다.

"하! 하루 종일 세어도 끝이 나지 않겠군."

너무나 막연하다. 막막하다. 정보가 없으니 단순히 추측할 수밖에 없지만 정보가 없어도 너무 없다. 하다못해 남자인지 여자인지도 모르고 있으니.

"휴우……."

즉위식을 끝낸 기쁨도 잠시, 한숨만 늘어나는 데이비드다.

"이럴 때 마샬 공작이라도 있었으면……."

안타깝게도 지금 수도에는 마샬 공작 아르낙스가 없었다. 자리를 비운 지 오래되어 영지인 마샬 공작령으로 돌아간 지 꽤 되었다.

영지가 안정되면 다시 수도로 올라온다고 하였지만, 그때가 언제인지는 알 수 없었다.

데이비드로서는 사신단이 그라나니아에 상륙하기 전, 안 된다면 수도에 도달하기 전까지만이라도 아르낙스가 합류하길 기도했다.

\*　　　\*　　　\*

흔히들 바다를 푸른빛, 에메랄드빛이라고 표현하곤 한다. 그러나 그것은 어느 정도 깊이까지의 바다.

진정 깊은 바다의 색은 검다. 그 무엇도 삼킬 수 있을 검은 어둠. 심연과도 같은 것이 바다이다.

그러한 심연 위, 평소라면 바람에 의한 바닷소리만이 자리할 이곳에 물살을 가르는 소리가 울린다.

거대한 범선. 바다의 입장에서 보면 작은 벌레만도 못한 범선이지만 사람의 눈으로 본다면 거대하기 이를 데 없는 배.

그러한 범선이 몇 척씩이나 줄을 이어 함대를 구성하여 전

진하고 있다.

그 선두.

거대한 함대를 견인하는 지휘봉인 함선엔 최고 관리자인 함장보다도 높은 직위의 사내이자 현 제국의 일인자가 탑승해 있었다.

하늘 아래 그보다 높은 신분은 없다.

만인지상의 대공 위벨 호엔촐레른이 갑판 위에 서서 저 먼 바다를 바라보고 있었다.

"돌아가라."

문득 대공이 읊조린 알 수 없는 말. 다른 사람이 들었으면 갸우뚱거릴 혼잣말이다. 그러나 이 말은 혼잣말이되 혼잣말이 아니었다.

함대의 밑 바다 깊숙한 곳.

수면 아래서 올라오려던 거대한 일각 고래 자이언트 나월 무리가 몸을 부르르 떨며 되돌아갔다. 이 거대한 괴수의 무리가 대공의 말 한마디에 겁을 집어먹어 습격을 포기한 것은 그 누구도 모를 것이다.

"대공, 바람이 차갑습니다. 이만 안으로 들어가시지요."

오직 대공뿐인 공간에 한 사람이 들어섰다. 누구나 대공의 공간 안에 들어서면 몸이 그 위험을 먼저 알아채 절로 몸을 벌벌 떨지만, 이 사내는 그러한 떨림이 없다.

자신의 일에 확신을 가지고 그것이 경지에 도달한 인물. 이 배의 함장이자 현재 이끌고 있는 이 거대한 함대의 제독이다.

　　백작 작위의 귀족으로 대공과는 함대에 탑승 전 몇 번의 면식이 있는 자다.

　　"백작."

　　"예."

　　"그대는 이 바다를 어떻게 생각하는가?"

　　"바다… 말씀이십니까?"

　　"그래, 바다. 그대의 삶에 있어 육지보다 더욱 오랜 시간을 보낸 이 바다."

　　함장은 대공의 이 질문이 어떠한 저의일까 잠깐 고민했다. 말 그대로 잠깐의 고민. 그리곤 곧바로 답을 내놓는다.

　　"바다는."

　　"바다는?"

　　"바다입니다."

　　다소 엉뚱한 답일 수도 있다. 어떻게 보면 질문을 한 대공을 놀리는 것으로도 볼 수 있었다. 그러나 호엔촐레른 대공은 함장의 답에 고개를 끄덕였다.

　　"그래, 바다는 바다이지."

　　"만족하실 만한 답이 되었습니까?"

　　대공이 미소를 띠며 고개를 끄덕인다.

"그대에게 상을 내리도록 하지. 원하는 것이 있나? 그 무엇이든 말해보라. 재물이면 재물, 명예면 명예, 여자면 여자, 그 무엇이라도 내리도록 하겠다."

하나의 질문에 답을 하여준 것치곤 과할 정도의 포상이다. 적어도 다른 이들은 그렇게 생각할 것이다. 함장 역시 그렇게 생각하는지 돌발 질문에도 당황하지 않던 얼굴에 당황한 기색이 역력하다.

그러나 대공은 추호도 과하다고 생각하지 않았다.

"무엇을 원하는가? 말을 해보도록, 함장. 그대가 영지를 원한다면 영지를 줄 것이고, 산과 같은 재물을 원한다면 재물을 줄 것이다. 혹 이 함대를 원하는가? 그렇다면 이번 일정이 끝난 후 이 함대를 그대에게 주겠다."

파격적이고도 파격적이다. 그러나 함장의 답은?

"필요 없습니다."

"이유를 말하도록."

"이미 만족한 삶을 살고 있기 때문입니다. 대공께서 제게 포상의 기회를 주신 것은 정말 감사하게 여기고 있습니다만, 지금 가지고 있는 재물로도 부족함이 없고, 작은 땅이지만 영지도 가지고 있습니다."

"만족하는 삶이라……."

"예. 만족하는 삶을 살고 있습니다."

'만족'이란 단어를 몇 번 곱씹은 대공. 그가 함장에게 마지막으로 확인했다.

"후후, 후회하지 않을 것인가?"

"예, 후회하지 않습니다."

"그래, 만족하는 삶을 살고 있는 이에게 이러한 포상은 그 삶을 깨뜨릴 수도 있지. 분란의 소지가 될 수도 있고. 후후, 내 생각이 짧았다."

"아닙니다, 대공, 제가 부족하여 대공께서 기껏 주신 기회를……."

"아니. 그대는 부족하지 않다. 그대는 모든 것을 채워 만족하는 삶을 살고 있지 않은가?"

"……."

"후후, 그럼 가보도록 하게. 잠시 혼자 있고 싶군."

"알겠습니다."

함장이 갑판에서 떠나고 대공 홀로 남았을 때.

"난 아직 만족하질 않았다네, 함장. 채워야 할 것이 아직 많이 있지. 채울 수 있을 때까지 채우고 또 채우면 언젠가 나 역시 만족하는 삶을 살 수 있겠지. 그때까지 살아있게나. 같이 만족해 봐야 하지 않나. 후후."

바람결에 실린 대공의 독백이 바다 곳곳으로 스며들었다.

　보름.

　대륙에서도 동쪽, 대륙 서편에 위치한 그라나니아와는 멀리 떨어져 있는 칼라인 제국에서 그라나니아까지 항해하는 데 걸린 시간.

　편동풍의 영향으로 한 달은 걸릴 시간이 보름으로 단축되었다.

　이것은 시간을 벌어야 하는 그라나니아 입장에선 명백한 불행이다.

　하지만 하늘을 원망해 보아도 바뀌는 것은 없다. 이미 제국의 사절 대공은 그라나니아의 앞바다까지 닿았으니까.

　"활기차군."

　떠들썩한 항구를 바라보는 호엔촐레른 대공의 감상평. 이것이 그라나니아에 대한 대공의 첫 느낌이었다.

　"예, 저곳이 그라나니아 제일의 항구 중 하나이니까요."

　"제일이라?"

　"예, 북쪽 케트란 영지의 아르모 항과 같이 이대 무역항이자 이대 군항으로 불립니다. 뭐, 저희 제국의 항구에 비하면 별것 아니지만."

　함장의 설명에 대공은 유심히 항구를 살폈다.

"과연 군항이로군. 배가 아주 많아."

항구는 크게 두 구역으로 나누어져 있었는데, 한 구역은 크고 작은 상선이, 다른 구역은 거대한 군용 선박들이 즐비해 있었다.

"예, 지금 보시는 함대가 아마 백은 함대일 것입니다. 백은 함대의 모항이 바로 이곳이니까요."

"백은 함대라……."

"백은 함대라고 하지만 제국의 제1함대와 비교하면 오합지졸일 뿐입니다."

함장이 소속된 곳이 제1함대. 그렇기에 그의 자부심은 대단했다.

실제로 백은 함대는 과거 맥나타니아와의 전쟁에서 큰 활약을 한 뛰어난 함대이지만 제국 제1함대에 비교하면 손색이 있었다. 제국의 제1함대는 달리 무적함대라고까지 불리니까.

"뭐, 조그만 나라치곤 괜찮은 함대입니다만."

"후후, 그렇지. 소속에 대해 자신감을 가진 것은 좋지만 상대에 대해 과소평가를 하는 것은 좋지 않다네."

잠시 함장과 떠드는 사이 항구에 도달했다. 마중 나온 그라나니아 측의 인도를 받아 무사히 들어서 하선이 시작되었다.

"후, 땅에 닿아서야 도착한 것이 실감나는군."

가장 처음 그라나니아 땅을 밟은 것은 위벨 호엔촐레른 대공이다.

"환영합니다… 대공."

마중을 나온 그라나니아 측의 대표 알비란 후작이 대공에게 환영의 인사를 건넸다.

수도에선 제국 측의 사절단이 온다는 정보만을 제공해 이 인물이 누군지 알 수 없었지만, 알비란 후작은 재빨리 대공의 복식에서 정보를 습득했다.

최고 중에서도 최고급의 의상은 이 인물이 최상급의 인물이란 것을 의미하고, 손가락에 낀 푸른 반지는 이 인물이 공작급 이상의 인물이란 것을 가르쳐 준다.

결정적으로 가슴팍에 새겨진 문장은 제국 유일의 대공가의 문장. 제국에 대공가는 호엔촐레른밖에 없다.

즉 이 인물이 위벨 호엔촐레른 대공이라는 것을 의미했다.

"그대는……."

"미약하지만 알비란이라는 작은 가문을 이끌고 있는 세르비오 알비란이라고 합니다."

"오, 이곳의 영주시로군. 반갑소. 제국에서 조그마한 가문을 이끌고 있는 위벨 호엔촐레른이오."

척.

호엔촐레른 대공이 악수를 청했다.

알비란 후작이 조심스레 손을 부여잡았다. 노련한 귀족이지만 제국의 일인자를 만난다는 것에 대한 긴장감이 넘쳐흘렀다.

"손에 땀이 많으시군. 원래 그런 체질이시오?"

"하하, 예. 제가 원래 땀이 좀 많습니다."

빙긋 여유로운 호엔촐레른 대공에 비해 알비란 후작은 땀을 뻘뻘 흘리고 있다.

그 후 알비란 후작은 부단장인 슈니발 백작 등의 소개를 받고 사절단을 자신의 영주성으로 초대했다.

"이거이거, 최대한 빨리 그라나니아의 왕을 뵈어야 하는데 말이야."

말은 그렇지만 거절하지 않고 영주성으로 향하는 호엔촐레른 대공. 가는 도중 대공의 심기를 조금이라도 흐트리지 않게 노력하는 알비란 후작이다.

"오, 굉장하군."

영주성에 도착해 미리 준비된 연회를 맞은 대공이 미소를 지었다.

"알비란 후작이 본인을 얼마나 생각하는지 잘 알겠소. 아주 고맙구려."

"아닙니다. 대공을 맞기엔 이것도 부족한 것이 아닌지……."

"후후, 아니라오. 정말 만족한다오."

그 후 대공과 후작은 연회를 즐기며 한층 더 가까워질 수 있었다. 가까워졌다고는 해도 친한 친구와 같은 사이는 아니다. 서로를 염탐하고 조금 더 알아챌 수 있는 정도이다.

알비란 후작으로선 제국의 유일한 대공, 그것도 황제의 자리에 가장 가까운 인물이 그라나니아에 온 이유를 알아야 하기에 작은 정보라도 얻기 위해 필사적이었다.

그 속셈을 당연히 알아챈 대공은 그저 미소를 지을 뿐. 알비란 후작의 꼬임에 넘어가 주는 척하며 사소한 것만 몇 개 흘릴 뿐 중요한 것은 단 하나도 넘겨주지 않는다.

여러 주제를 거친 대화는 최근 그라나니아가 겪은 왕위 계승 전쟁 킹스로드를 거쳐 제국과 맥나타니아의 전쟁으로 흘렀다. 그락서스가 킹스로드로 내전을 벌이고 있을 때, 제국과 맥나타니아가 전쟁을 치렀다.

국제 정세가 중요한 무역항의 영주인 알비란 후작 역시 최근의 일이라 자세히 파악하고 있어 잘 알고 있었다.

"그래서 본인이 본대를 이끌고 온 맥나타니아의 자르카 대공에게 한마디 하였지요. '자르카 이놈! 같은 대공끼리 계급장 떼놓고 싸워보자! 썩 나오지 못할까!' 라고 소리치자 자르카 대공은 꼬리를 말고 그대로 도망갔습니다."

"일세의 영웅인 대공의 자태에 자르카 대공이 겁을 집어먹었군요."

"하하! 자르카 대공은 본인이 그렇게 무서웠나 봅니다."

허풍이라면 허풍.

자르카 대공과 호엔촐레른 대공의 군세가 삼 일 밤낮으로 격전을 벌인 것은 대륙에 관심을 가지고 있는 이라면 누구나 알고 있는 일대의 큰 사건이다.

호엔촐레른 대공에게 패하긴 했지만, 자르카 대공이 일생의 장부인 것은 변함없는 사실. 그러한 자를 깎아내리고 있지만 그 누구 하나 문제 삼는 이가 없었다.

당연 제국과 제국 측의 눈치를 봐야 하는 후작가의 인물들밖에 없었으므로.

화기애애하게 진행된 연회는 비교적 이른 시간에 끝났다. 알비란 후작은 수도에서 내려온 주문대로 최대한 시간을 늦추며 정보를 빼내고 싶었으나, 내일 출발하겠다는 호엔촐레른 대공의 의지가 확고하였다.

결국 다음날 점심때쯤 호엔촐레른 대공과 사절단은 알비란 영주성을 나섰다.

신속이란 말이 더없이 잘 어울리는 그들. 보통 사신단이 도착하면 며칠씩 쉬던 것에 비하면 새로운 전례를 남길 정도이다.

"휴우……."

알비란 후작, 그가 한숨을 내쉬었다. 남은 방법은 하나뿐.

"대공 전하를 이렇게 보내드리는 것은 예의가 아니지요. 제가 길잡이로 수도까지 함께하겠습니다."

바로 길잡이를 자처, 방향과 속도만이라도 자신이 통제하는 것이다.

"호오, 그래도 되겠소? 바쁘신 몸을 부려먹는 것이 아닌지?"

"대공 전하와 함께하는 것은 일신뿐 아니라 가문의 영광으로 함께하게 해주시는 것만으로도 가문이 감사할 일입니다."

이렇게 낮춰오는데 대공 역시 받아들이지 않을 수 없었다. 호엔촐레른 대공이 고개를 끄덕이며 미소를 띠었다.

"그대의 배려, 고맙게 받아들이겠소."

그렇게 알비란 후작과 호엔촐레른 대공의 동행이 결성되었다.

후작은 늦게, 대공은 빨리. 상반된 목적을 가진 수도행이 시작되었다.

CHAPTER
7

이해할 수 없는 것.

—불가해(不可解)

상단의 식품사업부.

흰 소시지와 버켄 등을 주제로 하는 식당을 비롯해 사르딘을 개발하는 곳으로, 그락서스 영지의 미래, 먹을거리라고 할 수 있는 사업을 책임지는 곳이다.

이미 사르딘은 어느 정도 성과를 내어 양산, 상단을 통해 수도에 판매하고 있으며 영주인 아이란이 직접 체험하기까지 했다.

식당 사업은 사르딘만큼은 아니지만 영지 내 몇 개의 장소에 개업, 영지민을 대상으로 시험 영업을 하고 있었다.

현재 아이란은 그중 한 식당에 격려 겸 감사 활동을 위해 방문해 있었다.

"괜찮군."

아이란의 평가에 상단의 핵심 인물인 쌍둥이가 밝은 미소를 띤다.

바크와 마크. 상단의 부단주로 정보, 총괄 등등의 역할을 맡고 있는 형제.

상단주인 베라임은 수도에서 활동 중이라 고위 간부인 쌍둥이 형제가 사업부를 맡고 있었다.

"영지에 연 각 지점도 성업 중입니다. 하나딜점은 말할 것도 없거니와 구 야로스나 베르만, 르아닌령 역시 괜찮은 반응입니다만, 문제는……."

"버켄이겠지. 뭐, 버켄이 원조인 만큼 아무래도 그쪽 동네에선 힘들 수밖에."

무엇이든 원조에게는 힘든 법. 아무리 연구 개발을 하더라도 기존의 것에 익숙한 버켄에겐 아무래도 떨떠름할 터.

"그렇게 생각하실 줄 알았습니다."

"음?"

히죽.

쌍둥이 형제가 똑같이 웃는다.

"버켄에서의 반응은 오히려 더욱 폭발적입니다. 그락서스

본령에서 자신들의 것을 알아준다는 반응에 더욱 발전시켜 지역을 대표하는 문화로 만들 생각입니다. 이것으로 축제까지 열 생각을 할 정도로요."

"호오?"

아이란의 예상이 틀렸다.

"아무래도 식품사업부의 인원 중 버켄령 출신이 많은 것도 한몫한 것 같습니다. 당장 영입한 제품의 개발자가 버켄의 노점상들이니까요. 매일 보던 이웃들이 만든 것이니 가짜라기보단 발전된 것으로 받아들였지요."

"게다가 이것에 자극받았는지 버켄의 노점에선 연일 가지각색 신기한 것들이 계속 나오고 있습니다. 그중 괜찮은 것을 개발한 이들을 영입해 키우고, 그것을 다시 버켄령에 내놓아 사람들의 반응을 보고, 이러한 과정의 순환을 반복하고 있지요. 장담하건대 노점이나 야시장의 질만은 수도에 꿀리지 않을 겁니다."

호언장담만이 아니다. 쌍둥이는 상단의 간부로 밥 먹듯 하는 것이 수도행이다. 저들의 장담이 저렇다면 수도에도 통할 것이 틀림없었다.

"후후, 기대되는군. 자네들이 수도에 입성하는 순간이 말이야."

"기대하셔도 좋습니다. 절대 실망시켜 드리지 않을 것입니다.”

“제가 하고 싶은 말을 여기 이놈이 다 했군요. 절대 실망시켜 드리지 않겠습니다.”

“좋은 자세. 그 말을 잊지 않겠다. 만일 실패하면 각오해야 할 것이야.”

아이란의 농담. 그러나 장난스런 어투라면 모를까, 진지한 어투에 형제는 진담으로 받아들였다.

“···각오라면?”

“꿀꺽!”

긴장하며 아이란을 바라보는 둘. 아이란은 절대 그 둘을 실망시켜선 안 된다.

“···아마 노예로 팔려 가지 않을까?”

“으악! 잘못했습니다!”

“저두요!”

쩔쩔매는 두 형제. 물론 엄살이다. 그것을 알기에 아이란도, 두 형제도 미소를 짓고 있다.

“좋은 분위기로군요.”

화기애애한 공간에 등장한 새로운 목소리. 형제는 목소리의 주인에게 목례를 취한다.

“왔나?”

뒤돌아보지도 않고 말하는 아이란.

"예, 보고드릴 것이 있습니다."

아이란에게 이러한 행동을 하는 이는 하나뿐. 그락서스의 집사이자 정보부의 수장인 칼, 성에 있어야 할 그가 이곳까지 찾아왔다. 그가 찾아왔다면 보통 일이 아닐 터.

눈치가 빠른 두 형제가 자리를 피해준다.

"말해보도록."

"제국의 위벨 호엔촐레른 대공에 대해 기억나십니까?"

"제국의 황위에 가장 가까운 이가 아닌가? 이미 황제나 다름없는 권력을 가졌다는……."

"그가 그라나니아에 상륙했습니다."

"……."

"제국 측에서 보내온다는 사절단의 단장이 바로 호엔촐레른 대공이었습니다."

"…굉장한 소식이군."

이제 곧 황제가 될 몸이 직접 행차하다니.

'제국은 제국이란 이름값만큼이나 뭐가 달라도 다른 것일까?'

"지금 들어온 소식에 의하면 알비란 후작이 사절단의 길안내를 자처하며 수도까지 향하고 있다고 합니다."

"알비란 후작 본인이?"

"예. 아무래도 시간을 벌기 위한 움직임 같습니다."

"과연. 그런데 대공이 그라나니아까지 온 이유가 무엇일까?"

"표면적인 이유는 데이비드 왕의 즉위 축하 사절입니다만……."

"아무도 믿지 않는 이유지."

"예. 현재 정보부의 파악으론 황제가 될 몸인 그가 직접 데이비드 왕을 만나 맥나타니아의 제재에 대한 동맹을 요구할 것 같습니다."

휴전을 했다고 하지만 언제든 다시 전쟁이 터질 수 있는 것이 칼라인 제국과 맥나타니아 왕국이다. 둘 중 하나가 패권에 대한 야망을 놓기 전엔 짧은 평화만이 존재할 뿐, 절대 긴 평화가 찾아올 수 없다.

"제재라면 무력이라기보단 경제적 제재가 주가 되겠지. 그러나 그렇게 된다면 오히려 우리 측이 불리해지지 않나?"

"예. 그라나니아의 무역은 대부분 맥나타니아를 통해 이루어지니까요."

귀족들이 사용하는 사치품은 대부분 맥나타니아를 통해 수입, 수출한다.

수입은 가공된 귀금속을 비롯해 차(Tea) 종류가 주를 이루고, 수출은 작물을 비롯한 가죽과 목재, 철광석 등이 주를 이룬다.

"아마 제국 측은 무역 확대를 미끼로 맥나타니아와의 근절을 요구할 것 같습니다만……."

"힘들지. 제국과의 거리보다 맥나타니아와의 거리가 훨씬 가까우니까."

맥나타니아는 배를 통해 길어도 일주일이면 닿는다. 그것도 최장의 경우로 보통의 경우는 사나흘이면 된다. 그러나 제국은 다르다.

계절을 잘 타 단축하고 또 단축해야 보름이 걸린다. 맥나타니아의 두 배. 이것도 무거운 상선이 아닌 가벼운 선박의 경우이며, 보통 상선으론 한 달도 넘게 걸린다. 그만큼 그라나니아 입장에선 칼라인 제국보다는 맥나타니아와 교류하는 것이 이득이었다.

당장 맥나타니아가 교류를 끊는다면 그라나니아의 물가는 순식간에 하늘을 뚫고 올라갈 것이다.

"제국 측에서 그것을 해결할 방안을 들고 오지 않는 이상 맥나타니아와 교류를 끊는 것을 절대 할 수 없지. 귀족들은 당장 고기에 뿌릴 후추만 없어도 식사를 하지 않을 테니까."

향신료가 귀족의 생활에 미치는 영향을 보았을 때, 공급이 중단된다면 반역이 일어날 수도 있었다.

'물론 후추만으론 전쟁이 일어나지 않겠지. 그러나 방아쇠는 될 수 있다.'

과장되긴 했지만 사치품이란 것이 그런 것이다. 없어도 사는 것에는 지장이 없다. 그러나 없는 그 순간부터 끝없이 갈구하게 되는 것이 사치품이다.

사치품의 수입이 중단된다면 그것을 이유로 왕의 업무를 수행하지 못했다며 반란이 일어날 수도 있었다. 또 이익에 관여된 상인 등도 참여할 것이고.

"겨우 가라앉힌 혼란에 불을 지필 수도 있다."

그것만은 막아야 한다.

"말하지 않아도 잘하겠지만, 정보부의 힘을 수도에 집중하라."

"예."

"또 하나, 그대도 알겠지만 국왕의 가장 큰 협력자이자 후견인인 아르낙스는 수도로 올라갈 것이다. 마샬 공작의 신변에 주의하며 공작령과의 연계에 신경 쓰라."

"알겠습니다."

당장 자신이 할 수 있는 것은 다 하였다. 그러나 들떠 오른 마음이 가라앉지 않는다.

치솟아 오르는 이 불안감.

아이란은 남몰래 가슴을 움켜쥐었다. 쿵쾅거리는 이 심장이 진정하질 않는다.

'무엇일까.'

이 긴장은.

이 흥분은.

'대체 무엇일까.'

답을 구하지만 답이 내려지지 않는다.

그때 아이란의 머릿속을 스쳐 가는 문구.


그락서스 백작 각하를 노리는 거대한 위협이 동방에서 다가오고 있습니다. 이것은 백작 각하의 크나큰 시련이며, 백작 각하는 견뎌내고 이겨내셔야 합니다.


카일의 편지에 적힌 문장이다.

해석하기에 그락서스에서 동방이라고 할 수밖에 없는 것은 발라티아뿐. 아이란은 발라티아에서 신의 날개가 다시 사람을 보내와 위협하는 것으로 해석했다.

때마침 발라티아에서 위벨 호엔촐레른 대공이라는 거물이 찾아온다. 그가 과연 신의 날개와 관련이 있는지 없는지는 아직 알 수 없다. 혹은 신의 날개가 아닐 수도 있었다. 그러나 저 문장에서 신의 날개라고 직접적으로 적혀 있는 부분은 어디에도 없다.

위협이 될 만한 조직은 신의 날개뿐이라 그렇게 해석했을 뿐.

신의 날개가 아닌 타 존재 역시 아이란에게 충분히 위협이 될 수 있었다. 제국이라면 차고도 넘칠 정도.

오히려 제국이 신의 날개보다 더욱 커다란 위협일지 몰랐다. 아무래도 '조직'과 '국가'는 다른 법이니까.

국가의 단위에서 개입되면 레벨이 달라질 수밖에 없다. 그 것도 '제국'이라 불리는 국가라면 더욱.

'후, 복잡하군.'

머릿속이 지끈거린다. 언제쯤 모든 것을 내려놓고 그저 오늘만을 생각하며 살아갈 수 있을까?

영원히 오지 않을 것 같은 그날을 기대해 보는 아이란이다.

\*       \*       \*

시간은 흐르고 흘러 대공이 수도 볼레로디움에 닿아 데이비드 왕과 만났다는 소식이 전해지고부터 한 달 후, 아르낙스로부터의 전언이 도착했다.

위벨 호엔촐레른 대공은 이제부터 그라나니아 각지의 영주들을 만날 예정임. 케트란과 렌빈을 제하고 이도란부터 시작하여 신딘, 카젯을 거쳐 마지막으로 그락서스에 닿을 예정. 단단히 준비할 것. 대공은 절대 만만한 인물이 아님.

"으음……."

대공이 수도에 머물며 대 맥나타니아 전선에 그라나니아
를 끌어들이기 위해 노력한 것은 며칠에 한 번씩 받는 정기
보고를 통해 잘 알고 있었다. 그것이 잘 풀리지 않는다는 것
도.

수도의 귀족들이 제국파와 맥나타니아파라는 두 파벌로
나뉘어 갑론을박을 벌이고 있다는 것도 들었다. 그런데 영주
들을 만난다니?

'영주들의 지지를 얻어 왕실을 압박할 생각인가?'

대공의 속셈은 무엇일까?

고민하고 또 고민해 본다. 그러나 쉽사리 답은 나오지 않는
다.

'답답하다.'

대공의 소식을 처음 들었을 때부터 목구멍이 콱 틀어막힌
것 같다. 도저히 내려갈 생각을 하지 않는다.

대체 그가 노리는 것이 무엇일까.

신경 쓰지 않으려고, 지금 해야 할 일을 하려고 해도 일이
손에 잡히질 않는다.

'아니, 그전에 황제가 될 이가 이리 오래 제국을 비워도 되
는 것인가? 그 사이 경쟁자가 치고 올라오면 어떡하는가?'

대륙의 전도를 펼쳐 본다.

북서에 엘브니움이 있고 북동에 노딕 공화국이 있다.

중앙에 맥나타니아와 칼라이나가 미시피 강을 경계로 중앙의 반절을 가른다.

그 밑으로 내려오면 남서의 끄트머리에 도시국가연맹이 있고, 중앙에 남부왕국동맹이 있다. 나머진 전부 칼라인 제국의 영토. 제국의 영토 안에 페탄 공국과 미펜 공국이란 국가가 존재한다.

그중 칼라이나 왕국과 칼라인 제국은 원류는 같으나 한때의 불화로 갈라진 땅. 그러나 최근 둘의 사이가 급속도로 가까워지고 왕국과 제국이 통일되려는 상황.

이 두 국가가 합쳐진다면 대륙의 삼분지 일 이상에 달하는 거대 국가가 부활한다. 이러한 거대한 땅의 주인이 되기 위한 경쟁은 치열하고 또 치열하다.

그런데 그 주인에 가장 가까운 자가 이리 오래 자리를 비우다니.

경쟁자들이 치고 나올 것이 두렵지도 않은가? 단 한 순간에 모든 것을 상실할 수도 있는데?

'무모함인가, 자신감인가.'

아이란으로서도 감히 상상하기 힘든 배포다.

저 끝없는 자신감은 무엇이란 말인가. 분명 황제에 가장 가까운 자이긴 하지만 경쟁자가 아예 없는 것은 아니다. 벌써 두 달 가까이 되었다. 영지를 순회하기 시작한다면 또다시 두 달 이상이 소비될 터. 호랑이가 없는 틈을 타 여우가 세력을 불리기에 충분한 시간이다.

대체 무엇이 있어 저 대공을 이리 자신 있게 만들어주는 것인가.

'그것은 직접 만나보면 알 수 있겠지.'

케트란과 렌빈은 떨어져 나갔으니 제외하고 알비란은 이미 만났기에 대공의 행선지는 네 개의 영지.

그중 그락서스는 제일 마지막이다.

이동을 하고, 영지에 머무는 데 며칠을 잡으면 대공이 그락서스에 도달하는 것은 한 달 하고도 한참의 시간이 지나야 할 것이다.

그때까지 준비한다. 대공을 맞을 준비를.

'수도의 입장이 이해되는군.'

대공을 맞이하기 위해 생난리를 피운 수도의 입장이 이해가 되었다.

다행이라면 수도와 달리 아이란은 비교적 시간이 넉넉하다는 점? 어쨌거나 골치 아픈 주제가 하나 더 생겨 버렸기에 전혀 기쁘지 않은 아이란이다.

                    *        *        *

   무언가를 준비하기 위해 한 달이란 시간은 짧다면 짧고 길
다면 길다고 할 수 있다. 그 무언가가 사람을 맞는 거라면, 그
것도 아주 중요한 손님이라면 한 달도 짧고 또 짧을 것이다.

   흐르는 강물처럼, 쏘아진 화살처럼 지나간 시간들. 잡으려
고 해도 잡을 수 없는 그러한 것들.

   흐르는 강물을 잡을 수 없듯 시간 역시 잡을 수 없이 꾸준
히 흘렀다. 결국 제국의 대공이 그락서스를 방문하기로 한 예
정일이 되었다.

   며칠 전 뮤톤의 총독인 뮤토스로부터 대공을 맞았다는 연
락이 왔다. 지금쯤이면 뮤토스가 직접 안내하며 그락서스의
경계 안에 진입했을 것이다.

   "왔군."

   생각하기 무섭게 저 하늘 멀리에서 연기가 피어오른다. 호
엔촐레른 대공이 도착했다는 신호이다. 이제 대공을 맞기까
지 채 한 시간도 남지 않았다.

   아이란은 잠시 눈을 감았다. 그리고 눈을 떴다.

   다그닥다그닥.

   그의 앞에 보이는 행렬.

   마차가 주가 되고 어느 정도의 병력이 뒤따르는 구성. 그러

나 그러한 것들은 말을 탄 선두에 선 한 존재로 인해 전혀 눈에 띄지 않게 된다.

미소를 짓고 있는 사내. 언뜻 보기엔 노년의 사내 같기도 하고 중년의 사내 같기도 하다. 달리 보면 청년과도 같다.

알 수 없다.

외형도 그렇거니와 내면에 무엇이 담겨 있는지는 더더욱 알 수 없다.

알 수 있다.

저 남자.

저 신비한 불가해(不可解)의 사내가 주인공이다.

대공.

위벨 호엔촐레른 대공.

틀림없다. 저자가 대공이 틀림없다.

저러한 자가 아니면 그 누가 대공일까.

저러한 자가 아니면 그 누가 황제에 오를 수 있을까.

이해의 영역, 그 경계를 넘어 불가해에 도달한 저자. 이해가 되지 않는 것을 이해하기 위해 정신이 멍해졌다.

아이란이 겨우 정신을 부여잡았을 때, 어느새 대공이 그의 앞에 서 있다.

척!

"반갑소, 그락서스 백작. 위벨 호엔촐레른이오. 조그마한 무리를 이끌고 있지요."

'아!'

주인의 입장에서 손님에게 먼저 인사를 건네야 하는데 받는 결례를 저질러 버렸다. 그러나 그것을 표정에 드러내지는 않았다.

아이란은 대공의 손을 부여잡고 마주 인사했다.

"만나 뵙게 되어 영광입니다, 대공. 그락서스의 아이란입니다."

처음의 결례도 그렇거니와 그 모습이 마음에 들지 않는지 대공 측 인물들이 인상을 찡그린다. 그러거나 말거나 그들의 주인인 대공의 안색엔 미소가 만발해 있다.

"다시 한 번 만나게 되어 매우 반갑소, 아이란."

찌릿!

'헛!'

악수를 한 손을 통해 흘러들어 오는 기운. 이 기운은 무척이나 익숙하다.

'무공!'

그것도 하이어 리히트, 즉 강기다.

아이란의 전신에서 대공 측에서 흘러나오는 강기에 대한 반발력이 일어났다. 옷으로 인해 드러나진 않았지만 피부가 잔뜩 곤두섰다.

"저 역시 너무 반갑습니다."

꽉!

손을 통해 전해지는 아이란의 반발력. 그것에 대공이 미소를 지었다.

"후후, 멀리서 볼 때부터 알 수 있었지만 그대는 과연 스피릿츄얼 오리진이 아닌, 무공과 연관이 있었구려."

아이란이 아니라면 알 수 없는 말. 실제로 둘을 제외한 다른 이들은 이 말이 무슨 뜻인지 몰라 어리둥절해한다.

툭.

대공이 악수를 풀었다.

"브라간사와 슐레스비히."

"……."

"그들에 대해 알고 있겠지. 뭐, 추궁하려는 것은 아니오. 벨라토르, 아니, 무인(武人)인 이상 칼끝에 죽고 사는 것이니. 자, 그럼 들어갑시다. 백작이 날 위해 무엇을 준비해 두었을지 매우 궁금하다오."

툭툭.

아이란의 어깨를 두들긴 대공이 아이란을 지나쳐 들어선다. 주객전도의 상황.

아이란이 몸을 돌려 대공의 뒤를 따랐다.

덜덜.

악수를 했던 아이란의 오른손이 미세하지만 꿈틀거리고
있다.

*　　　　*　　　　*

대공을 맞이한 축하연.
대공 측 인물들도, 그락서스 측 인물들도 문제없이 즐겼다.
어느덧 밤은 깊어가고 달빛이 요요해진다.
"백작."
"예, 대공."
"같이 바람이나 쐬지 않겠소?"
대공이 손가락으로 테라스를 가리킨다.
'저곳은……'
승전 연회 때 엘리자베스와 만났던 곳. 그때의 기억이 새록
새록 솟아오르지만…….
"백작?"
시커먼 남자가 난입하여 그것을 깨부수어 순식간에 돌려
놓았다.
"아, 예. 가시죠."
테라스로 나가 차가운 밤바람을 맞자 어느 정도 정신이 깬
기분이다.

"백작."

"예, 말씀하시죠."

"백작은 무 대륙에 대해 알고 있소?"

"…어떤 대답을 원하십니까?"

무어라 대답을 해야 할까. 이 남자는 어떠한 대답을 원하는가.

"후후, 알고 있군. 그대는 무 대륙에 대해 어떻게 알고 있는가? 무 대륙의 사람과 접촉을 했는가?"

쉽사리 대답을 할 수 없다.

"나와 같은 전생자인가."

"……!"

전생자.

전생을 기억하고 있는 사람. 환생을 한 인간이지만, 영혼에 새겨진 전생의 기억을 꺼낸 자들.

지금 호엔촐레른 대공은 자신이 그러한 전생자임을 말하고 있었다.

"내 소개를 다시 하지."

대공이 양옆으로 팔을 뻗었다.

"내 이름은 위벨 호엔촐레른. 신의 날개라는 조직을 이끌고 있는 날개의 주인이자, 슐레스비히와 영혼을 나누어 가진 쌍둥이 형제이며, 이 생애 전의 삶에서 불패의 삶을 살았던 불패무적신(不敗無敵神) 북리정(北里靜)이라고 하네."

제국의 대공 위벨 호엔촐레른.

무의 불패무적신 북리정.

진자겸의 세월보다도 오랜 세월 전, 까마득히도 오래전 무를 종횡하며 독보천하를 이루었던 무신.

세월을 뛰어넘고 대지를 뛰어넘어 그가 등장했다.

무신.

어쩌면 최악의 적이 될 수 있는 존재의 등장이었다.

CHAPTER
8

세계 점령.

신질서.

Neuordnung.

"자! 그럼 대답해 주게. 나 역시 나의 정체를 밝히지 않았나? 그대는 누구인가? 그대는 전생자인가, 혹 무인의 수련을 받은 자인가?"

호엔촐레른 대공 북리정의 물음.

그에 아이란은 고민한다.

나의 정체는 무엇인가?

이제까지 본능적으로 그 물음을 던지지 않았다.

자신의 정체. 저 앞의 대공과 마찬가지로 진자겸의 영혼을 가지고 전생의 기억을 깨우친 전생자인가?

'아니, 그것은 아니다.'

그렇다면 무인에게 수련을 받은 자인가?

'그것 역시 아니다. 진자겸의 기억이 그것을 증명해 준다.'

그렇기에 위배된다.

진자겸의 기억을 가지고 있다. 그러나 자신은 진자겸의 환생자가 아니다.

대체 무엇인가? 대체 무엇이기에 진자겸의 기억을 가지고 그가 가진 힘을, 권능을 습득할 수 있었는가.

고민한다. 그러나 답은 내려지지 않는다.

"혼란스러운가? 대답을 할 수 없겠는가?"

아이란의 상태를 깨우친 대공이다.

"후후, 나의 아우 슐레스비히와 같은 불완전인가?"

"불완전?"

"일부의 기억만을 가진 채 완전한 전생을 기억하지 못하는 경우를 뜻하지. 나와 슐레스비히의 경우는 쌍둥이. 쌍둥이는 하나의 영혼이 갈라진 자. 그렇기에 전생인 북리정 역시 갈라졌다. 그 두 개가 된 북리정은 서로의 영혼을 뜯고 탐했다. 치열한 다툼을 벌이고, 한쪽이 승리했지. 승리한 쪽은 물론 나 위벨. 슐레스비히는 그 과정에서 흘린 부스러기 몇 개에 지나지 않는다."

그 강대한 힘을 가진 슐레스비히가 부스러기라니. 도저히 믿을 수 없는, 믿고 싶지 않은 발언이다.

그 강력한 슐레스비히가 부스러기에 불과하다면 호엔촐레른 대공은 그 얼마나 강대하단 말인가. 그리고 그러한 적을 아이란은 어떻게 상대해야 한다는 것인가.

암담하다. 빛 한 점 없는 무저갱 속에 빠진 것과 같다.

앞이 보이지 않는다.

어떻게 해야 할까.

빛.

그를 구원할 빛 한 점, 새끼줄 하나 보이지 않는다.

절망 속에 빠진 아이란. 그러다 문득 색다른 감정이 솟구친다.

"후후."

"음?"

아이란의 웃음. 호엔촐레른 대공이 의아한 반응을 보인다. 그러거나 말거나 아이란의 웃음은 점점 진해진다.

자포자기의 웃음인가? 자신의 신세에 대해 한탄이 나오는 그러한 웃음인가?

'아니.'

아니다.

그러한 웃음이 아니다. 이 웃음은, 이 미소는 그러한 감정이 표현할 수 있는 것이 아니다.

"재밌다."

재밌다.

그것이 바로 아이란의 감상평.

현재의 상황, 과거의 상황, 미래의 상황. 자신의 일생을 관통하는 평가.

"재밌다."

다시 한 번 말해본다.

그 모습을 더욱 의아하게 바라보는 호엔촐레른 대공. 그러거나 말거나 그의 웃음은 더욱 커진다.

"후하하하하!!"

웃음이 터진다.

그 커다란 웃음소리가 테라스를 넘어 성 전체로 퍼진다. 연회를 즐기던 사람들이 웃음의 근원지를 찾아 바라본다. 그리고 놀란다.

특히 그락서스의 사람들이.

"백, 백작님이……."

"웃으셨어……!"

평소 감정 표현은 잘 하지 않는 아이란. 요 근래 감정 표현이 좀 많아지긴 했지만 여전히 적다. 특히 소리 내어 웃는 경우는 거의 없다시피 하는 정도라 과거에도 미래에도 절대 들을 수가 없다고 생각하던 그들이다.

그렇기에 놀랐다. 아이란이 저러한 웃음을 터뜨리고 있다니.

대체 무엇인가?

그락서스 측 인물들의 반응에 대공 측 인물들 역시 의아한 반응을 보인다.

"무엇인가……."

사람들의 심정.

"대체 무슨 일이 벌어지고 있는 것인가."

이와 다르지 않을 것이다.

*       *       *

"후하하하하하하!!"

그치지 않는 아이란의 웃음. 그것을 괴이하게 바라보던 호엔촐레른 대공. 결국 그는 인상을 잔뜩 찡그리며 입술을 비튼다.

그리고……!

"푸하하하하하하하하!!"

웃음을 터뜨린다.

"후하하하하하하!!"

"푸하하하하하하하하!!"

두 사내.

괴이 망측한 광경.

둘은 한동안 계속 웃음을 터뜨렸다. 그리고 어느 순간, 거짓말처럼 둘은 동시에 웃음을 그쳤다.

"그대."

대공의 말. 눈을 반짝이는 아이란.

"다음에 보도록 하지."

휙!

호엔촐레른 대공이 몸을 돌렸다.

"다음에 우리가 만날 땐 서로의 심장을 향해 칼을 겨눠야 할 것이네."

"……."

"만남은 즐거웠네, 백작."

부글부글.

호엔촐레른 대공의 몸속 깊숙한 곳에서 끓어오르는 뜨거운 피.

언제부터일까.

'그때부터다.'

아이란이 웃음을 터뜨렸을 때, 그때 처음 꿈틀거렸다. 그리고 아이란의 웃음이 진행되면 진행될수록 더욱 뜨거워짐을 느꼈다.

그와 함께 대공은 알 수 있었다, 이 뜨거움이 뜻하는 것이 무엇인지.

숙명.

이 단어가 인도하는 적.

그 존재를 찾았음을 뜻하는 것.

본능적으로 느낀다.

지고의 경지에 도달한 자신에 필적할 만한 것은 눈앞의 존재밖에 없다고.

지금은 미약하지만 추후 자신에 필적할 만한 이로 성장할 것이라고.

그것을 알아챈 순간 대공은 고민했다.

시간을 주지 않고 이 새싹을 밟아야 하나, 혹은 무럭무럭 자라 열매를 띄울 때 거두어야 하나.

대공의 머릿속에서 치열하게 전개되는 두 의견의 다툼.

일 초의 시간이나 대공의 머릿속에선 억과 같은 시간이었다.

그 끝없는 시간만큼의 고민, 그 끝에 나온 끝에 나온 답.

바로 웃음.

아이란과 같이 웃음으로 대공은 깨달았다.

기다린다고.

최고의 순간, 열매를 띄울 때까지 기다린다.

이 새싹이 황금빛 과실을 띄우는 그 순간.

'취한다.'

그 무엇보다 찬란한 빛을 띄울 때, 그때 수확한다.

"자, 돌아간다!"

대공의 선언에 혼란에 빠지는 장내.

환영 연회 중에 돌아간다니? 게다가 지금은 낮도 아닌 한밤중이다.

이 무슨 경우인가.

"빨리빨리 준비해라!"

그러거나 말거나 대공의 결심은 확고하다.

"자, 그럼 다음에 보도록 하지, 백작."

"살펴 가시지요."

"후후, 기대되는군. 부디 그대의 싹이 충분히 개화하여 열매를 맺길 바라고 있겠네."

그렇게 대공과 사절단은 그락서스를 떠났다.

"폭풍과도 같은 하루입니다."

칼의 말에 동감하는 아이란이다.

참으로 많은 일이 있었다.

*      *      *

호엔촐레른 대공의 방문으로부터 한 달.

언제나와 같이 서류를 뒤적이고 있는 아이란에게 칼이 또 산더미와 같은 서류를 올려놓고 간다. 쌓이는 그 양에 말없이 한숨만이 늘 뿐. 그러나 결국 자신의 업보이기에 손을 뻗는다.

"음?"

아무렇게나 제일 위 서류를 집어 훑는 아이란.

아이란의 눈동자가 커진다.

"호엔촐레른 대공이 황제에 즉위했군."

보고서의 내용은 호엔촐레른 대공의 황제 즉위.

위벨 호엔촐레른은 이제 위벨 호엔촐레른 칼라인부르크가 되었으며, 그가 황제가 됨과 동시에 칼라인 제국과 칼라이나 왕국은 통일하여 하나의 제국이 되었다.

"강한 제국이라……."

보고서에는 위벨 황제가 즉위하며 역설한 것이 그대로 담겨 있었다.


황금빛 관을 쓴 황제가 수도의 광장 거대한 탑에 홀로 서서 수도를 굽어본다.

끝없이 펼쳐져 있는 제국의 수도. 지금 그 수도는 사람으로 인해 가득 차 사람들이 채 한 발 내딛기도 힘들 정도이다.

그러한 수십, 수백만의 관중 앞에서 황제는 선언했다.

제국의 과거,

두 개로 분단된 역사,

그것을 거쳐 지금 이 순간,

하나의 국가로 통일되어 강한 제국이 탄생하였다고.

그리고 이제 이 강한 제국의 힘을 세계로 뻗어야 한다고.

이 통일 제국의 이름 앞에 모든 것을 무릎 꿇려야 한다고.

그것이 앞으로 펼쳐질 강한 제국의 길이자 사명.

제국의 사람이라면 그 숭고한 목적을 위해 흘리는 피를 아까워하지 말고 기꺼이 앞장서는 일등 국민이 되어야 한다고.

황제인 자신은 그 누구보다 앞에 서서 그들을 이끌겠다고 역설했다.

그 연설은 수백만 백성의 열렬한 함성을 받았다.

그러나 그것이 그날의 끝이 아니었다.

위벨 황제의 손짓에 병사들이 입장하고 죄인들이 끌려나왔다. 그들의 정체를 아는 자들이라면 놀랄 것이다.

며칠 전까지만 하더라도 기세가 등등하던 귀족들이었으니까.

그 수는 족히 일천.

그들의 죄목은 이러했다.

강한 제국에 대한 반역!

제국의 미래를 불확실하게 만드는 존재로 몰린 그들. 그들의 목에 시퍼런 칼날이 겨누어졌다.

처형.

황제의 즉위라는 경사스러운 날을 피로 물들이는 정신 나간 결정. 그러나 이것을 결정한 이는 황제. 이제 황제의 신호가 떨어지면 칼날은 연약한 살갗을 가르고 딱딱한 뼈마저 가를 것이다.

척.

황제의 손이 하늘 높이 들렸다.

모두의 시선이 그 손으로 향한다.

스윽!

황제의 손이 내려진다.

사람들의 동공은 황제의 손에서 일천의 죄인을 담는다.

푸화악!

일천의 머리가 허공을 떠올라 대지를 뒹굴고, 터져 나오는 피가 바닥을 적신다. 깔려진 돌들 틈 사이사이로 흐르는 피.

일천에 사람이 한순간에 학살당했다. 현장에 침묵이 도진다. 그러나 잠시 후, 황제의 손이 다시 올라간 순간.

우와아아아아아!!

와아아아아아아아아아!!

환호성이 대지를 울린다.

그것은 이내 광기가 되어 사람들을 물들였다.

그렇게 새로운 황제는 광기가 소용돌이 속에서 탄생했다.

이 광경을 고스란히 지켜보던 다른 국가의 사람들, 그들은 입을 모아 말했다.

붉은 피의 황제.

홍혈제(紅血帝).

세상은 새로운 황제를 그리 칭했다.


"굉장하군."

보고서를 읽는 것만으로도 팔에서 소름이 돋는다.

"홍혈제라……."

강렬하다.

피의 황제라니?

게다가 강한 제국?

세계로 뻗어 대륙을 무릎 꿇린다고?

"마기스탄 이후 그 누구도 하지 못한 대륙 통일을 하겠다는 것인가?"

새로운 황제가 즉위하며 비전을 선포할 순 있다.

오히려 대륙 통일이라는 목표를 제시하는 새로운 황제에 세상은 감탄할 것이다.

그러나 홍혈제는 피와 함께 즉위했다. 일찍이 대륙 역사에 이러한 일은 없었다. 처형, 그것도 일천에 달하는 어마어마한 사람의 처형과 함께 즉위하다니.

이것은 배포가 큰 정도의 문제가 아니다.

광인(狂人).

제국의 황제로 광인이 즉위한 것인가 의심되는 일대의 대사건이다.

역사적으로 광인이 한 국가의 지배자가 되면 안으로든 밖으로든 피가 불어왔다. 벌써부터 비릿한 혈향이 코를 스치는 것 같다.

대륙에 피바람이 불 것은 틀림없었다. 홍혈제 자신이 그렇게 선포하였다.

이미 자신에 반대하는 일천의 피를 흘렸다. 제동을 걸 존재가 없는 지금 홍혈제의 행보는 거침없을 것이다.

"그와의 만남이 빨라질지도 모르겠군."

홍혈제.

그가 아직 황제로 즉위 전, 대공이라 불릴 때 아이란과 만났다. 그리고 서로의 비밀을 공유하며 후일을 기약했다.

그 후일.

서로 죽고 죽이는 혈전이 될 것은 당연지사. 홍혈제의 행보가 그 혈전을 앞당길 것 같다.

과거부터 대륙을 통일하려는 세력이 있으면 반대 세력들은 힘을 합쳐 그것을 저지했다. 마기스탄 후 대륙을 통일한 제국이 없는 것이 그 증거이다.

대륙의 통일을 명분으로 전쟁을 선포한다면 발라티아의 전 국가연합과 전쟁을 치러야 한다. 칼라인 제국이 전쟁을 시작한다면 반 칼라인 연합에 그라나니아 역시 참여할 것이고, 대영주로서 아이란 역시 참여해야 할 것이다.

"그날이 오지 않기를 바라는 수밖에 없나."

큰 바람이다. 이루어지지 않을 수밖에 없는 바람.

아이란은 느끼고 있다. 홍혈제와 대면할 시간이 해가 뜨고 지는 시간만큼 가까워지고 있다고.

*         *         *

"마샬에 설치한 다섯 개의 점포가 성업 중입니다. 이러한 성과를 보여준다면 수도 입점도 문제없을 듯합니다."

"주변에서 우리 제품을 모방한 것들을 내놓고 있습니다만, 오랫동안 연구해 온 만큼 격차가 확실하지요. 오히려 모방품들 덕분에 비교되어 매출이 더 오르고 있습니다."

"좋군."

상단의 쌍둥이 형제 바크와 마크의 보고에 아이란이 만족감을 표시했다.

"노드 테라스(Nord terrasse)는 틀림없이 성공하여 영지의 빛이 될 것입니다."

노드 테라스.

아이란이 구상하고 상단에서 구체화한, 그락서스 영지에서 운영하는 직영 식당 사업명으로 그로 인해 운영되는 식당의 이름이기도 했다.

현재 노드 테라스는 그락서스를 넘어 마샬에서 시험 점포를 운영 중이다.

처음엔 별 관심을 가지지 않던 마샬 사람들이다. 그러나 상단의 인력이 머리를 쥐어짜낸 공격적인 마케팅 전략인 종이 상품권 지급이나 일정 횟수 이상 방문 시 메뉴 증정 등으로 인해 마샬 사람들은 노드 테라스에 빠져들었다.

물론 이 모든 것은 어디까지나 식당의 기본, 맛에 있었다.

노드 테라스에 방문하여 메뉴들을 한 번이라도 맛본 사람들은 지인들을 끌고 재방문하였다. 그렇게 끌고 온 지인들은 또 다른 지인들을 끌고 방문하는 선순환의 연속. 상단 식품사업부의 미래를 밝게 하였다.

사실 노드 테라스의 성공에는 식당이란 개념의 부재가 컸다. 이제까지 식당이란 술집이나 여관과 겸업하는 개념이 컸다. 그 이유는 사람들 대부분이 외식 생활을 즐기지 않는 것에 있었다.

밖에서 비싼 돈을 주고 밥을 먹기보다 집에서 직접 조리하여 먹는다. 게다가 그러한 식당에서 만들 수 있는 메뉴는 대부분 집에서도 만들 수 있는 것도 한몫했다.

이것이 이 나라 식생활의 기본이었다.

그러나 노드 테라스는 그것을 바꾸어놓았다. 형형색색 다양한 메뉴는 오직 이곳에서만 먹을 수 있는 것들. 맛은 두말할 것도 없고 보기에도 아주 좋았다.

버켄의 야시장 음식들을 비롯해 그락서스 고유의 요리를 새롭게 조합한 노드 테라스는 그락서스 지방 요리의 핵심 중 핵심.

그러한 경쟁력을 갖춘 음식들이기에 결코 귀족이 먹는 음식에 비해 아래의 위치가 아니었다. 그러한 음식을 노드 테라스는 일반 평민들도 충분히 향유할 수 있는 합리적인 가격에 제공했다.

이 외에도 이유는 산더미같이 더 있고, 그러한 것들이 모여 노드 테라스의 성공을 이끌었다.

"물론 아직 성공을 확신하기엔 이르지만."

"후후, 걱정 마십쇼. 분명 성공할 것입니다."

"맞습니다. 영지 내 매장은 안정적인 상태에 들어섰고, 마샬 점포들 역시 안정적인 상승 곡선입니다. 개업한 이후 적자를 보는 점포는 단 한 곳도 없을 정도로 탄탄합니다."

"그렇다면 다행이군. 그러나 주의해야 한다. 크나큰 사건
이 터지면 어떻게 될지 모르니까."

아이란의 말에 살짝 얼굴이 굳어지는 둘. 사건이란 말에 떠
오르는 것이 있다.

"사건이라고 하시면……."

"전쟁… 입니까?"

상단에서 정보를 담당하는 형제다. 상행위라는 것이 국제
정세에 따라 큰 영향을 받는 것이니만큼 해외의 정보 역시 잘
알고 있다.

최근에 즉위한 제국의 황제가 어떠한 일을 저질렀는지도
알고, 또 그 일로 인해 미칠 여파도 짐작하고 있었다.

"확실히 전쟁이 벌어지면 사람들은 집 밖을 나가지 않겠지
요. 소비도 위축될 것이고……."

"그렇기에 수도의 입점은 미루는 것이 좋다고 생각한다.
지금 당장은 불확실한 미래에 휘말려 포기하는 것일 수 있지
만, 나는 확신한다. 전쟁은 그리 머지않은 미래에 들이닥칠
것이라고. 그때까지 노드 테라스는 내실을 기른다. 전쟁 후,
그때를 기회로 활용한다."

"알겠습니다."

"그렇게 하겠습니다."

아이란의 말에 동의하는 둘.

"그런데 백작님의 말씀대로라면 지금 맥나타니아에 나가 있는 베라임 단주의 일도 큰 성과를 거두는 것이 어렵지 않겠습니까?"

그락서스 상단의 상단주 베라임, 그는 현재 사르딘 등을 비롯한 그락서스의 특산품 해외 수출 판로를 열기 위해 대륙에서 활동 중이었다.

사르딘은 그라나니아 내에 공급하기에도 물량이 부족한 현실이지만 한발 뒤 미래를 바라보는 관점에서 이루어지는 전략이었다.

"어차피 베라임이 영지로 돌아와도 할 것은 없지 않나? 그냥 두도록 하게. 있어도 그만 없어도 그만이면 성과를 낼 수 있는 곳에 두는 것이 맞지 않겠나?"

웃음기가 느껴지는 아이란의 말. 농담기가 잔뜩 섞인 말이다.

"큭, 잔인하십니다."

"저희도 언제 그렇게 버려질지 모르니 조심해야겠군요."

쌍둥이 형제도 장단을 맞추었다.

"말은 똑바로 해야지. 베라임을 그러한 처지로 만든 것은 자네들이지 않나."

"저희들이라뇨?"

"생사람 잡지 마시죠."

"허허, 이 형제가 나만 나쁜 놈으로 만드는군."

아이란이 가벼운 웃음을 터뜨렸다.

"어라? 나쁜 놈 아니셨습니까? 만날 저희를 부려먹는……."

마크의 주절거림. 바크는 고개를 숙인 채 한 걸음 물러났다.

"에라이!"

쫭!

"꽥!"

아이란의 꿀밤이 마크의 정수리에 작렬했다.


*          *          *


"그리하여 그 녀석의 머리에 꿀밤을 먹여주었지. 그러니 혹이 이만하게 나더군."

아이란이 주먹 감자를 흔들어 보이자 마주 앉은 상대가 가볍게 미소를 짓는다.

"한 대 더 때려줄까 하다 그 녀석의 형제가 내 바짓가랑이를 잡고 매달리기에……."

"잘하셨어요."

맑고 고운 울림. 남자들의 거친 것과는 정반대. 그것도 미성을 가진 여인의 목소리다.

"그대는 어떠한 하루를 보냈소, 엘리자베스?"

"저야 뭐 다를 것이 있나요. 정원을 돌본 다음, 지금을 위해 백작님께서 드시고 계신 과자를 구웠지요."

"이게 당신이 구운 거요? 놀랍군."

엘리자베스의 미소를 바라보며 과자를 하나 더 입에 넣는 아이란.

"이렇게 맛있길래 당연히 주방장이 구운 것인 줄 알았거늘."

아이란의 칭찬에 배시시 웃는 엘리자베스. 그 미소를 감상하며 아이란은 이 잠깐의 여유, 티타임을 즐겼다.

'아름답군.'

그녀의 미소는 정말 아름다웠다. 그 외모를 떠나 정말 깨끗하고 맑은 미소.

연회의 만남 이후 아이란과 엘리자베스의 관계는 급진전되었다. 여자에 관한 것이라면 숙맥 그 자체인 아이란과 역시나 마찬가지인 엘리자베스.

다른 사람이 본다면 답답해 가슴을 두드릴지 모르지만, 둘은 서로에 대한 이 느긋함을 즐겼다. 서로를 향해 직접적으로 고백을 하진 않았다. 그러나 서로는 상대의 감정을 알고 있었다.

이것으로 된 것이 아닐까?

아이란의 생각. 엘리자베스 역시 동의할 것이다.

언젠가 때가 되면, 그때 아이란은 이 마음을 고백할 것이다. 엘리자베스는 그 마음을 받아들여 줄 것이고, 그 순간이 바로 처음이자 마지막 고백. 그들의 결혼이 이루어지는 때가 될 것이다.

어쨌거나 그것은 후일의 이야기.

결혼은 아주 멀고 먼 이야기이고, 현재의 둘은 일상의 잡담이나 주고받고 있다.

"결국 그러한 상황이 되자 바람둥이였던 아버님은 어머님에게 청혼을 하실 수밖에 없었지요. 만일 그렇게 하지 않는다면 외할아버님이 당장 아버님의 목을 칠 기세였다고 들었거든요. 그 후에 제가 태어나고 아버님은 바람둥이 생활을 완전히 포기하셨……."

"실례하겠습니다!"

엘리자베스의 출생 비화(?)를 듣는 와중에 방해를 받은 아이란. 그가 미간을 찡그리며 고개를 돌려 보았다. 그리고 곧바로 의아함에 물들었다.

"죄송합니다, 백작 각하. 너무나도 급한 일이라……."

"무슨 일이길래 그러하지? 자네가 그러할 정도면 정말 큰

일이겠군."

아이란의 눈앞, 당황으로 범벅이 된 칼의 얼굴. 그와 지낸 기간 동안 저러한 얼굴은 채 몇 번 보지 못했기에 아이란은 갸웃했다.

대체 어떠한 일이기에 저 냉혈한이 저런 반응인가?

척.

칼은 설명을 하는 것보다 손에 든 쪽지를 내밀었다.


제국, 노딕 공화국에 전쟁 선포.

—아르낙스.


"제국이 노딕 공화국에 전쟁을 선포하다니! 이게 대체 무슨 말인가?"

"저도 자세한 것은 모르겠습니다. 마샬 측으로부터 이 정보를 전해 받자마자 그대로 가져왔습니다. 전해온 전령에 의하면 아직 수도에도 알려지지 않은 사항이라고 하더군요."

칼의 말에 입술을 질끈 깨무는 아이란.

"지금 당장 영지의 주요 인물들을 소집하라. 장소는 성내의 회의실. 대회의를 소집한다."

"예, 알겠습니다!"

후다닥!

상황이 상황인지라 달리기를 혐오(?)하는 칼이 뛸 정도이다.

"전쟁인가요?"

"그런 것 같소."

"또 많은 피가 흐르겠군요. 저 역시 피를 흘리게 한 만큼 가증스런 위선에 불과하겠지만… 전쟁으로 인해 피를 흘리는 것은 세상에 일어나선 안 되는 일이에요."

"나 역시 그렇게 생각한다오."

"전쟁은… 어떠한 세상이 와야 사라질까요?"

그 어떠한 세상이, 유토피아가 찾아와도 사라지지 않을 것이 전쟁이다.

아이란은 그렇게 생각하지만 입 밖으로 꺼내지는 않았다. 엘리자베스 역시 잘 알고 있을 것이기에.

"이제 당분간 더욱 바빠지시겠군요. 어서 가보세요. 당신이 늦으면 안 되잖아요."

"…고맙소."

꾸벅.

고개를 숙인 아이란이 그녀로부터 등을 돌려 회의실로 향한다. 그 모습을 엘리자베스는 착잡한 심정으로 바라보았다.

\*       \*       \*

성의 회의실.

무거운 공기가 착잡함을 더한다.

회의 주제가 결코 밝지 않은 이야기이기 때문이다.

"제국이 노딕 공화국에 전쟁을 선포했다는 이야기는 들으셨을 겁니다."

모두들 묵묵부답. 그러나 고개는 끄덕인다.

"그 정보의 출처는 마샬 공작 측으로 신뢰도는 아주 높다고 할 수 있습니다. 게다가 결정적으로 베라임 상단주를 통해 대륙의 정보가 도착하였습니다."

스르륵.

칼이 종이 한 장을 꺼내 아이란에게 건넨다.

급박한 상황을 보여주는 것일까?

평소 명필로 소문나 있는 베라임 상단주의 글씨지만 괴발개발 날려 쓰여 있다.

아이란은 내용을 충분히 훑은 뒤 옆 자리의 발론 자작에게 넘겨주었다. 발론 자작 역시 그것을 읽은 후 옆으로 돌렸다.

침묵 속에서 종이가 한 바퀴 돌아 아이란에게 다시 돌아왔다.

"모두 잘 읽으셨을 것이라 생각하고, 계속하겠습니다."

모두들 고개를 끄덕인다.

"베라임 상단주에 의하면 제국의 홍혈제가 노딕 공화국을 향해 전쟁을 선포한 것이 사실이라고 합니다. 그 이유는 과거 노딕 공화국이 칼라이나 왕국에서 독립할 때 원치 않았던 칼라이나 왕국민까지 끌어들였고, 그 후손들을 보호하고 지금이라도 제국민으로 살 수 있는 기회를 보상하고자 하는 성전(聖戰)이라고 합니다."

노딕 공화국.

왕과 귀족이 존재치 않고 모두가 평등하다는 신분 사상을 가진 곳으로, 그들은 투표의 과정을 통해 대표를 뽑아 그를 통해 대신 나라를 다스린다.

신분제가 주류를 차지하는 대륙에서 상당히 이질적인 국가로, 본디 칼라이나 왕국의 북쪽 지방이었으나 대륙의 급진적인 사고를 가진 이들이 모여 독립한 곳이다.

그것이 벌써 일백 년, 이미 다른 나라가 된 것이나 마찬가지이다. 그런데 지금에 와서 그것을 문제 삼아 전쟁을 일으켰다.

보호, 보상 등은 구실에 불과하였다.

대륙 통일 전쟁.

홍혈제가 즉위하며 천명한 그것을 위한 초석, 아니, 그 진행이 틀림없었다.

"그것에 대한 각 국가의 반응은……."

"예. 읽으신 그대로 제국과의 마찰을 피하기 위해 그 명분을 인정할 듯하다고 합니다."

"어이없군."

겨우 그러한 명분을 인정하다니. 홍혈제가 열변하는 강한 제국에 힘을 실어주고, 걷잡을 수 없는 광기에 대륙을 피바람에 몰아넣을 그러한 결정이란 것을 대륙의 국가들은 모르는가?

"제국에 제동을 걸 수 있는 맥나타니아가 전쟁으로 인한 피해를 복구하기 위해 회피하고, 그것에 영향을 받은 남부왕국동맹이나 도시국가연맹 엘브니움은 늘 막아주던 방패가 없어 두려움에 질린 것 같습니다."

"후우……."

한숨이 나온다.

제국, 그것도 통일 제국.

대륙의 삼분지 일보다 더 거대한 국가. 그러한 국가가 전쟁을 선포했다. 그렇다면 대륙 전체가 나서서 막아야 한다. 그러나 대륙은 막을 생각이 없어 보인다.

"그들이라고 모를까?"

제국이 노딕 공화국만 차지하고 그만둘까?

아니, 그들 역시 알고 있을 것이다.

그다음은 엘브니움이 될 것이고, 그다음은 맥나타니아나

남부왕국동맹이 될 것이다.

제국은 절대 제동이 걸리지 않는다. 강제로 멈추어야 한다. 모든 것을 잃고 그때서야 땅을 치고 후회할 것인가?

"수도로 향하겠다."

국가의 중대 기로에 선 지금, 수도로 향해야 한다.

어차피 영지에 처박혀 있어 보았자 수도에서 소집이 있을 것이다. 그때까지 기다릴 바엔 먼저 행동한다.

"출정을 준비하라. 목표는 수도. 출정 병력은 나 아이란 그락서스, 그리고 그 호위들이다."

신속히 이동해야 하기에 인원은 최대한 줄인다.

"남은 인원들은 혹시 모를 출정을 준비하라. 어쩌면 대륙으로 출정해야 할 것이다."

불길한 예감은 틀림이 없다. 아마 그락서스의 병력은 대륙으로 출정할 것이다.

'당분간 엘리자베스와의 티타임은 못 가지겠군.'

어쩌면 당분간이 아니라 영원히 가지지 못할 수도 있지만 아이란은 당분간이라 애써 생각한다.

그편이 희망이라는 감정을 가질 수 있기에.

\*       \*       \*

"자주 와서 그런가. 이제 별 감흥이 들지 않는군."

수도 볼레로디움의 성문.

처음 수도로 상경했을 때 본 그 장엄함은 아직 잊히지 않는다. 그러나 즉위식 등의 이유로 최근 상경한 적이 있는 터라 많이 익숙해져 있었다.

성문을 통과해 저택에 짐을 내려놓은 후 아이란은 곧바로 어딘가로 향했다.

캉캉.

문고리를 두드리자마자 문이 열리고 한 사람이 나온다.

"수도에 도착했다는 소식을 들었지. 수도에 온 것을 환영한다, 동생아. 촌에서 올라오느라 수고했다."

"꼭 수도의 사람처럼 말씀하시는군요."

"나 정도 되면 누가 보아도 수도 사람 같지 않느냐? 또 최근엔 내 영지보다 수도에 머무는 기간이 더 많기도 했고."

"허허……."

어이없는 웃음이 절로 나온다.

"뭐, 문제 있냐?"

"…없습니다."

"그렇지. 이 아르낙스님께 문제가 어디 있겠어?"

아르낙스, 그는 전혀 변한 것이 없었다.

"자, 그럼 들어가자. 의논해야 할 것이 산더미처럼 쌓여 있잖아?"

"그러도록 하죠."

"자자, 어서 들어가자구. 네가 왔다는 소식을 듣자마자 수도에서 제일 잘나가는 맛난 과자를 모두 모아 왔지."

"그거 참 좋군요. 기대하겠습니다."


모락모락.

따끈한 차와 갖가지 과자가 펼쳐져 있지만 아이란은 손을 대지 않았다. 그에 반해 앞에 앉은 아르낙스는 후루루룩, 바삭바삭.

"식사를 하시는군요."

"아아, 요즘 차와 과자를 먹을 때 고상한 척하는 놈들과 섞여 먹어서 말이지. 나도 고상한 척을 하느라 얼마나 참았는지."

그간의 고충을 미주알고주알 아이란에게 털어놓는 그다. 하소연이 얼마나 지지부진하게 진행되는지 하품이 나올 정도이다. 그 하품을 깨기 위해 차를 마셔야 했다.

"게다가 알마로 백작, 그 작자는 얼마나 지독한지. 물이라도 마시면 똥 방귀를 엄청 뀌어댄다니까. 그래서 그 작자가 왔을 땐 코로 숨을 못 쉬고 입으로만 쉬어야 했지. 게다가 먹기는 또 얼마나 먹어대는지, 계속해서 먹고 마셔대니 그게 끝기잘 않아."

"…예, 예."

"네가 직접 그 모습을 보았으면… 절대 지금과 같은 반응을 보이지 못할걸?"

"예예, 그렇겠죠."

"내 말을 믿지 않는군. 기다려라! 지금 당장 알마로 백작을 초대하겠다!"

"닥치고, 본론으로 들어가죠."

"흑, 너무해!"

손바닥으로 두 눈을 가리는 아르낙스를 무시하고 아이란은 입을 연다.

"홍혈제."

제국 황제의 명칭에 아르낙스의 눈이 진지해진다.

"그는 노딕 공화국만으로 만족할 인물이 아닙니다."

"그렇지. 내가 만난 그는 야망이 가득 찬 인물이었다. 절대 노딕 공화국 정도로 만족할 인물이 아니지. 분명 그의 목적은……."

"대륙 일통."

아이란의 답.

무겁게 아르낙스가 고개를 끄덕인다.

"맞다. 아마 노딕이 먹히고 나면 또 다른 먹잇감들에 이빨을 박겠지."

하나하나 제국의 이빨에 씹기고 뜯길 것이다. 그리 머지않은 미래에 지도에 오직 한 국가의 이름만이 적혀 있을지도 모른다. 발라티아라는 대륙의 이름조차 칼라인으로 바뀔지 모른다.

그것을 막아야 한다.

"반제국 동맹을 결성하여야 합니다. 대륙의 국가들이 하나하나 무너지고 나면 그라나니아밖에 남지 않습니다."

"그렇지. 그 상황까지 진행된다면 그라나니아는 끝난 것이나 다름없다. 교류 봉쇄만으로도 그라나니아에 치명적인 타격을 줄 수 있으니까."

"예, 맞습니다. 그렇기에 대륙의 국가들이 소극적으로 임한다면 그라나니아가 적극적으로 나서서라도 동맹을 결성해야 합니다."

"나도 그렇게 생각한다. 그러나 문제는……."

"문제는?"

"그것을 알아주지 않는 멍청이들이 존재한다는 것이지."

"……?"

의문을 담아 설명을 재촉한다.

"우리는 섬나라다. 대륙과는 상관없다. 바다만 지키면 안전하다."

"……."

"헛소리 같아 보이지? 무려 이것이 어제 있던 왕국 회의에서 나온 주장이다. 그것도 만만찮은 지지를 받았지."

할 말이 없다. 대체 저것이 무슨 주장인가. 게다가 많은 지지를 받았다니?

왕국 회의에 참여하는 놈들에겐 생각하는 두뇌가 없는 것일까? 차라리 제국 측에서 뇌물이라도 받았다고 생각하고 싶을 정도인 아이란이다.

"후후, 너 역시 그렇게 생각하냐? 나 역시 그렇게 생각했다. 젠장, 줄 것이면 나도 주지. 대체 무엇을 받았을까? 금은보화? 혹은 대륙 통일이 된다면 제국에서 한자리 던져주는 것?"

"한자리 준다는 것에 상당히 의심이 가는군요."

"아, 좋겠다. 어떤 자리를 받았을까? 백작? 후작? 공작?"

"글쎄요……."

"뭐, 결국은 상상이고 추측일 뿐이지. 아직은 모르니까 그렇게 모함하지 말라구. 이거 참, 함부로 남을 깎아내리는 나쁜 동생을 두어 정말 피곤하다니까."

"…당신이 먼저 시작하셨습니다만?"

"아아, 피곤하다, 피곤해! 동생을 교육시키는 것이 너무나 피곤하다!"

"…동생에게 한번 교육받아 보시렵니까?"

빠득.

주먹 쥔 손이 아르낙스의 얼굴을 겨눈다.

"하하, 내 동생은 아주 착하고 성실하며 착실한 녀석. 그러한 일을 할 리가 없지."

"역시 이게 약이군요."

주먹을 계속 쥐고 있어야겠다.

"후, 그래서 결론은 이거야. 우리는 지금 제국이 노딕 공화국에 선전포고를 한 것에 대해 그라나니아가 보다 적극적으로 개입하도록 왕국 회의에서 역설을 해야 한다는 것이지."

"다른 국가들도 끌어들이구요."

제국이란 거대 국가의 입장에서 변두리 섬나라의 의견 따위는 가뿐히 무시할 수 있을 것이다. 슬프지만 그것이 힘의 차이이고 현실의 격차니까.

그러나 섬나라뿐만이 아니라면?

직접 국경을 맞대고 있는 다른 국가들 역시 그 움직임에 참여한다면?

제국의 입장에선 다시 생각해 볼 수밖에 없다.

한 번에 모든 나라와 전쟁을 할 생각이 아니고서야 노딕 공화국의 침략을 보류할 수밖에 없다.

그것 때문에 제국은 노딕 공화국 침략에 자국 민족의 보호

등의 명분을 걸고 타국의 개입을 최소화시키려 하는 것이다.

나라와 나라의 전쟁이 아닌, 자국 내의 전쟁.

노딕 공화국과의 전쟁을 내전 양상으로 비추려고 하는 것. 그렇기에 다른 나라들이 노딕 공화국을 인정하면 결국 아무리 제국이 내전으로 끌어가려고 해도 국제전의 양상이 성립될 수밖에 없다.

"그렇기에 중요한 것이 다음 왕국 회의다. 오늘로부터 보름쯤 후에 열리지. 수도와 근방의 귀족들만 참여하던 이전 회의와는 달리 전국 대부분의 귀족이 참여하는 회의가 될 것이다. 그곳에서 우리의 뜻이 최대한 많은 지지를 받아야 한다. 그러기 위해선……."

"함께할 지지자들을 만들어야겠군요."

"그래. 오늘부터 우리의 지지자들을 만들어야 한다. 가능하다면 대화만으로 포섭을 할 수 있다면 좋겠지만……."

"아무래도 반짝이는 것이 걸리는 편이 더 끌리는 이들도 있겠죠."

대의만으론 포섭되지 않는 이들이 있다. 그 얼마나 숭고한 뜻이든 간에 자신의 손에 들어오는 이득이 더 중요한 이들.

그러한 이들을 포섭하기 위해선 그 손에 반짝이는 것을 쥐어주어야 한다.

"어쨌든 이제 너나 나나 매우 바빠질 것이야. 지금 이 순간을 마지막이라 생각하고 여유를 즐기라구."

와작와작.

다시 과자를 입에 쏟아 넣는 그를 바라보며 아이란도 하나 집어 입에 넣었다. 달아야 할 과자가 씁쓸하게만 느껴진다.

"아!"

"……?"

"그래도 알마로 백작을 다시 만나는 것은 싫은데……."

"……."

"우리 다시 생각해 보면 안 될까? 이런 생각을 우리만 하는 것도 아닐 것이고, 굳이 우리가 아니라도 움직일 이가 많을… 욱욱!"

아르낙스의 입에 과자를 쑤셔 넣는 아이란이다.

CHAPTER
9

시작 부분.

Opening.

해가 뜨고 지기를 열다섯 번 반복하는 기간, 보름.

한 달의 절반이라는 기한이지만 의외로 짧아 할 수 있는 일 역시 많지 않다.

사람을 만나는 것 역시 보름이란 제한된 시간에 제약을 받는다.

아이란은 그 보름의 기간 동안 열을 만나 일곱의 지지를 끌어낼 수 있었다. 수도에서의 입지 등을 생각하면 상당한 성과이다. 같은 기간 아르낙스는 열다섯 이상의 지지를 끌어냈지만 아이란과 아르낙스는 같은 조건이 아니기에 비교하기엔 무리가 있다.

게다가 그러한 것으로 경쟁할 사이도 아니고.

"그렇게 생각하는 것은 본인뿐인 것 같지만."

왕국 회의에 참석하기 위해 왕궁으로 향하는 마차 안. 아이란과 아르낙스는 함께 이동 중으로, 이동 중 따분한 시간에 대한 사려 깊은 배려인지 모를, 아르낙스가 자신의 성과에 대해 자랑하는 것을 듣고 있었다.

"음? 무슨 말 했냐?"

"아뇨. 아무런 말도 하지 않았습니다."

"그러냐? 그래서 말이야, 계속하자면 알마로 백작이 이렇게 말했지. '오, 마샬 공작님, 이 그라나니아의 앞날과 대륙의 미래라는 대의를 생각하는 그대에게 경의를 표합니다. 공작과 비교하면 저는 한낱 소인배. 이제껏 대인배라 자부했건만 공작은 저를 부끄럽게 만듭니다. 오오, 공작! 저를 받아주시지요! 앞으로 공작과 함께하겠습니다!' 라고 말이야."

"예예, 방귀 백작과 평생 함께하실 수 있어 좋으시겠습니다."

"뭐야? 알마로 백작을 모욕하지 마! 그의 방귀는 비록 뿡뿡 끊이질 않아 웃기기 그지없지만 냄새는 나지 않는단 말이야!"

"……."

방귀 백작보다 저 말이 더 알마로 백작을 상처 입히는 말이
될 것이다. 이 자리에 알마로 백작이 없는 것이 다행이라 백
번 천번 생각하는 아이란이다.

"알마로 백작에게 사죄해!"

"예이, 예이."

"똑바로 사죄해!"

"했잖습니까."

"진심을 담아 사죄해! 천국의 알마로 백작이 들을 수 있
게!"

"멀쩡한 사람은 왜 죽이십니까."

알마로 백작이 듣는다면 과연 누구에게 주먹을 날릴까? 단
언컨대 알마로 백작은 아르낙스에게 주먹을 날릴 것이다.

아이란은 확신할 수 있었다.

어쨌거나 실없는 대화를 잇는 사이 마차는 어느새 왕궁에
도착해 곧바로 회의실로 안내되었다.

"오, 아르낙스 공작!"

"그락서스 백작도 같이 오셨구려."

아직 데이비드 왕이 등장하지 않았기에 귀족들은 저마다
파벌대로 어울리며 떠들고 있었다.

이야기를 들어보면 아이란과 아르낙스와 같이 적극적 개
입이 삼분지 일 정도 되었고, 대륙 국가에서의 요청이 있을

시 개입하자는 소극적 개입이 남은 이들의 절반 정도 되었다.

제국에 밉보이면 안 되니 아예 개입하지 말자는 쪽이 나머지를 차지했다.

즉 삼분의 일씩이나 된다.

기타 소수 의견도 존재하지만 한두 사람 정도의 의견이라 대세에 큰 영향을 주지 못했다.

"아, 그러니까 개입하면 안 된다니까 그러네!"

"무슨 소리! 만일 제국이 대륙을 정복하면 그다음 목표가 어디가 될 것 같소? 바로 우리가 아니오! 그때 가서 제국이 봉쇄령만 내려도 그라나니아는 말라 죽을 수밖에 없소! 그때 가서 땅을 치고 후회하면 늦는단 말이오!"

"그것은 결국 '만일', '가정'이 아니오! 제국이 대륙을 통일할 것이라는 보장이 있소? 또 제국이 통일 전쟁을 시작하면 대륙의 나라들이 알아서 잘 막을 것인데 무슨 걱정이오!"

"그럼 제국이 통일 전쟁을 벌이지 않는다는, 침략하지 않는다는 보장은 있는가!"

"허어! 답답한지고!"

"누가 할 소리!"

반대되는 파벌 간 감정이 격해지고 언성이 높아진다. 멱살을 잡지 않는 것이 용할 정도. 삿대질 정도로 끝난 것이 다행이다.

"내 다시는 이 작자와 상종하지 않겠다!"

"그렇다면 왜 이곳에 있나, 얼른 나가지 않고?"

결국 저러한 말까지 나왔다.

"…유치하군요."

"그렇지? 근데 난 이것을 거의 만날 봤다니까."

"…고생하셨습니다."

"동생이 알아주니 기쁘군."

짝짝!

아르낙스가 박수를 치자, 모두의 시선이 그에게 집중되었다.

"자자, 모두의 열띤 토론 잘 보았소. 그러나 너무 과열된 것 같아 말이오. 우리의 왕에게 이러한 모습을 보여줄 순 없지 않겠소?"

"나는 괜찮다네, 마샬 공작."

"헉, 국왕 전하!"

열려 있는 문 사이, 어느새 데이비드 왕이 등장해 있었다.

아르낙스와 아이란을 비롯해 무를 익힌 귀족들은 이미 기척을 느끼고 있었으나, 갑작스레 등장한 왕을 발견한 문신 귀족들은 깜짝 놀랐다. 허둥지둥 예를 차리는 귀족들.

상황을 정리한 후 데이비드 왕이 왕국 회의의 시작을 선포한다.

"주제는 굳이 말하지 않아도 모두 잘 알고 있겠지요?"

"예, 국왕 전하. 제국의 흥혈제가 선포한 노딕 공화국에 대한 선전 포고와 그로 인해 끼칠 대륙의 영향, 그에 대한 우리 그라나니아의 행보. 이것을 위해 소집된 왕국 회의 아니겠습니까?"

"역시 아르낙스 공작. 잘 설명해 주었소. 그래, 아르낙스 공작이 말한 대로요. 요약하자면 제국의 행보에 따른 그라나니아의 행보이지. 이에 대해 의견을 나누고자 왕국 회의를 선포하였소. 이제부터 국익을 위해 각자의 생각을 꺼내놓고 의견을 나누어봅시다."

척!

데이비드의 말이 끝나기가 무섭게 한 남자가 손을 든다.

"조르쟌 남작, 적극적인 그대의 의견이 궁금하군. 말해보시오."

"예, 전하. 저의 의견은 제국의 행보에 개입하지 않는 것입니다."

"…이유를 설명해 보시오."

"오랜 세월 분열해 있던 칼라이나 왕국과 통일한 칼라인 제국은 명실상부한 대륙 최강의 국가입니다. 그 국토만으로도 발라티아 삼분지 일. 그로부터 받침이 되어 쏟아져 나오는 제국의 힘 앞엔 대륙의 어떤 나라도 감히 맞설 생각을 하지 못할 것입니다. 그 강성한 힘에 비교될 만한 세력은 시제국 마기스탄뿐이라고 할 수 있습니다."

조르쟌 남작.

친 제국 성향의 인물로, 평소 제국을 이상향으로 여기며 섬기는 인물이다. 그는 자식들까지 어릴 적부터 제국에 유학을 보내어 자식들은 그라나니아에서 살아온 세월보다 제국에서 살아온 날이 더 많을 정도이며, 친 제국파를 뽑자면 대표적인 인물 중 하나이다. 그런 그인 만큼 저러한 발언을 쏟아내더라도 놀랍지도 않다.

"그러한 강대한 제국과는 맞설 생각을 하는 것보다 오히려 제국과 동맹을 맺는 것이 현명한 선택이 아닐까요? 막말로 맥나타니아나 다른 몇몇 국가와 손을 잡는 것보다 그 편이 훨씬 그라나니아에 이득이 될 것입니다. 대륙에서 제국과 반 제국 연합이 대치할 때, 저희가 조건을 내걸며 제국의 편을 들어준다면 제국은 들어줄 수밖에 없을 것입니다. 그 후 제국이 대륙을 일통하더라도 제국으로선 저희의 공을 절대 무시할 수 없어 자주국의 위치를 지킬 수도 있겠지요. 그런 만큼 왕국들과 동맹을 맺는 것은 그라나니아… 죄송하오나 그라나니아 멸망의 지름길이라 생각합니다."

"그러니까… 지금 조르쟌 남작의 말은 제국의 밑에 기는 개가 되자는 거요?"

"기는 개라뇨. 말씀이 심하십니다, 보르독 백작님."

"심하다니. 결국 남작의 말은 그것이 아니고 무엇이오?"

"제 말은 그라나니아가 제국의 개가 아닌 동반자가 될 수 있음을 말하는 것입니다."

"그 말이 그 말 아닌가. 국왕 전하, 저는 조르쟌 남작의 의견에 적극 반대합니다."

보드록 백작. 그는 조르쟌 남작과는 달리 제국을 싫어하는 반 제국파의 중추로 남작과는 사사건건 대립하는 사이였다.

"그렇다면 백작의 의견을 말해보시오."

"예, 전하. 소신의 의견은 그라나니아의 적극적인 개입입니다. 노딕 공화국에 선전포고를 한 제국을 규탄하며 맥나타니아 왕국동맹이나 도시국가연합 등과 힘을 합처 반 제국연합을 결성하는 것입니다. 그 후 그 왕국군과 각 영지군을 규합하여 대륙으로 파견한 후 다른 국가의 군대와 함께한 반 제국연합군을 통해 제국을 박살내는 것입니다."

조르쟌 남작의 말과는 백팔십도 다른 극과 극의 대척점에 있는 의견이다.

"흠……."

조르쟌 남작의 의견도 그렇지만 보르독 백작의 의견도 심사숙고하여 볼 의견이다.

"전하, 발언 기회를 청합니다."

"전하, 제게도 발언 기회를……."

"전하……."

그로부터 여러 귀족이 수많은 의견을 쏟아내었다. 그러나 큰 틀에서 본다면 앞서 나온 두 귀족의 의견과 별반 다르지 않았다.

간간이 중립 파벌이나 기타 파벌이 의견을 내놓긴 했지만 그러한 의견들도 저 두 가지를 적당히 타협하여 버무려 놓은 것에 지나지 않았다.

와자지껄.

어느 순간 회의장이 소란스러워졌다. 조금 전 왕이 들어서기 전으로 회귀하는 느낌.

"흠흠."

아르낙스가 가볍게 헛기침을 해보지만 아무도 주목하지 않는다.

"흠흠!!"

소리를 높이자 그제야 모두들 아르낙스를 쳐다본다.

"전하, 소신이 한말씀 올려도 되겠습니까?"

"말해보시오, 마샬 공작."

"예, 소신의 의견은……."

쾅!

아르낙스가 의견을 역설하려는 그 순간, 닫혀 있던 문이 거칠게 열렸다.

그 소음에 얼굴을 찡그린 대다수의 사람.

난입한 존재에 대해 무어라 꾸중을 늘어놓으려던 귀족들이 입을 닫았다.

난입한 존재의 얼굴에서 당황과 절박함 등을 읽었기 때문이다.

그는 다급히 데이비드 앞에 다가가 무릎을 꿇었다.

"전하!"

"무슨 일이냐?"

"노딕이… 노딕이……."

노딕?

불길함이 솟구친다. 딱딱하게 굳은 아르낙스와 아이란.

모두가 전령의 입을 주목한다.

"노딕의 수도가… 제국군에 함락되었다고 합니다!"

"……!"

"……!"

폭탄이 터졌다.

지금 이 순간 친 제국, 반 제국 할 것 없이 자리한 모두가 입을 떡 벌리며 놀랐다.

그만큼 충격적인 전언이었다.

         ＊       ＊       ＊

홍혈제가 노딕에 대해 선전포고를 선언하던 그 시각.

제국의 외곽, 노딕과의 경계인 디아볼 산맥에서 일단의 움직임이 있었다.

스르륵스르륵.

마치 유령처럼 움직이는 무수히 많은 사람. 무거운 군장을 들었지만 길에는 발자국 하나 남지 않는다.

족히 일만은 될 사람의 모습이 전부 그와 같다. 일만의 유령이 산을 넘고 있었다.

이들의 정체는 바로 제국 제0군단.

철저히 그 존재가 암흑 속에 감추어진 제국의 힘 중 하나였다.

통수권자인 황제를 제외한다면 제국 최상위 귀족이나 타국 최상위 정보기관 정도만이 그들을 알고 있을 정도로 철저한 대외비를 자랑했다. 그러나 유령과도 같은 존재감과 달리 이들의 활약은 그 어떠한 군단보다 뛰어났다.

어둠 속에서 제국의 칼날 역할을 단 한 건의 실패도 없이 모두 성공해 냈다.

그렇기에 이 제0군단의 존재를 아는 이들은 이들을 이렇게 불렀다.

악령군단(Spectre legion), 어둠 속에서 제국을 수호하는 칼날이라고.

그러한 제0군단이 산맥을 넘어 노딕 공화국에 진입했다. 그리고 그들은 수도를 향해 거침없이 이동했다. 그러나 노딕의 누구도 그 움직임을 알아챌 수 없었다.

노딕 공화국이 알아챈 것은 시간이 흘러 공화국의 수도까지 제0군단이 닿았을 때. 아차하는 순간 제0군단은 수도를 압박하고 있었다.

이 성과는 수백 번 시뮬레이션을 통해 최적화된 길을 찾고, 다른 군단들이 공화국의 시선을 국경에서 끌어준 덕분이었다.

그 점이 노딕 공화국의 입장에선 철저한 불행이었지만.

어쨌든 일만의 0군단은 공화국의 수도를 압박했다. 공화국의 수도는 주민들의 거주를 배제하고 의원회관 등 국가 기관만이 존재해 중소 도시 정도의 규모이기에 일만의 병력도 가공할 위협이었다.

결국 노딕 공화국은 국경으로 이동 중이던 군단들을 수도로 불러들였다. 국경도 중요하지만 수도가 위협받는 이상 어쩔 수 없는 선택이었다.

그리고 그것이 바로 제국이 노리던 것. 제국은 곧바로 국경을 뚫고 진입했다.

다섯 개의 정규 군단.

오만의 군세.

합류할 군단들을 기다리던 노딕 측 이만은 밀려오는 제국
군에 물러날 수밖에 없었다.

격돌하면 격돌할수록 무수히 죽어나가기에 어쩔 수 없는
선택이었다.

그 후퇴가 수도까지 이어졌다. 수도에서 다른 병력과 합류
해 단번에 역전시켜 보려 했지만 이미 기세를 탄 상황을 뒤집
을 순 없었다.

결국 노딕의 수도 인근에서 벌어진 대회전에서 노딕 측 십
만과 후속 삼만과 합류한 제국 측 팔만이 격돌했다.

그리고 십만이 패배했다.

패배한 십만은 뿔뿔이 흩어졌고, 공화국 수뇌는 수도를 천
도하며 수도를 버렸다.

버려진 빈집이 된 공화국의 수도를 제국군이 점령해 그곳
을 기점으로 주변에 영향력을 퍼뜨리기 시작했다.

이것이 바로 노딕 공화국과 칼라인 제국의 전쟁 과정으로,
언제나처럼 0군단의 존재는 숨겨졌다. 그저 제국이 특수부대
를 동원해 혼란을 일으켜 단번에 노딕 공화국의 수도를 점령
했다는 정도만이 다른 나라로 알려졌다.

*       *       *

"특수부대라… 악령이겠군."

바로 옆 아이란조차 겨우 들릴 만한 낮은 목소리의 중얼거림.

'악령이라…….'

악령이 무엇일까?

"무언가 알고 계시나 보군요."

아르낙스에게 물었다. 궁금한 것은 혼자 고민하는 것보다 알고 있는 이에게 묻는 것이 최고의 방법이다.

"뭘? 아, 악령 말이야?"

"예."

휘휘.

아르낙스가 주위를 둘러본 후 소곤소곤 말한다.

"악령은… 제국의 기밀 중에서도 기밀이지."

"기밀 중 기밀… 이요?"

"그래. 사실 악령은 별명이고 0군단이라고 부르지."

"들어본 적 없습니다."

"당연하지. 서류상에서도 존재하지 않는 놈들이니까. 모든 것이 비밀, 대외비야. 그 놈들에 대해 전부 알고 있다면 오직 악령 본인이거나 제국의 황제뿐이지. 그 정도로 비밀에 싸인 놈들이야. 네가 못 들어본 것도 당연한 일이지."

제국에 그러한 군단이 있었다니, 아이란으로선 전혀 몰랐던 이야기다.

"그러면 형님은 그것을 어떻게 알고 계십니까?"

"내가 왜 알고 있냐고?"

"예."

"그거야 당근 세상엔 이 몸이 모르는 것이 없거든."

"…그러시군요."

"어쨌든 큰일이야. 악령까지 동원한 것을 보면 제국이 진심으로 나온다는 것이거든. 이제까지처럼 그냥 단순한 힘자랑이 아닌 대륙 통일을 위해 모든 것을 쏟아붓겠다는 의지의 표현이지."

"암담하군요."

"이제까지 악령 등이 전장에 나오지 않은 이유는 황제의 부재 때문이거든. 제국의 특수군단 등은 오직 황제만이 움직일 수 있으니까 말이야. 그런데 이제 제국은……."

"황제가 생겼지요."

"그렇지. 그러니 제국은 이제 전력을 다할 수 있다는 소리고, 그 말은 우리가 좀 더 빨리 움직여야 한다는 것이지. 수도까지 함락된 이상 노딕은 이제 얼마 가지 못하고 합병이 될 것이야. 채 한 달이나 걸릴까? 그러니 우리도 빨리 움직여야 해. 대제국 연합의 결성이 시급하다."

"그런데… 이것을 보면 과연 이루어질 수 있을지 모르겠군요."

"그러게."

어느새 회의장은 시끌벅적. 제국을 규탄하는 쪽과 옹호하는 쪽 두 무리로 나뉘어 서로에게 삿대질을 하며 고함을 난무하고 있다.

"노딕의 수도 함락을 통해 제국의 야심을 보여주었습니다! 황제가 되자마자 전쟁질을 하는 작자가 노딕만 먹고 끝낼 것이라구요? 개도 믿지 않을 것입니다! 대륙의 국가들과 연합해 제국을 막아야 합니다!"

"어허! 그 무슨 불경한 소리요! 황제가 그러지 않았소이까! 제국민의 보호를 위해……."

"불경? 당신 어디 사람이야?! 제국 사람이야, 여기 사람이야?!"

"나야 당연히 그라나니아……."

"그런데 어디서 불경이란 소리를 해! 이 사대주의!"

"아니, 보자 보자 하니 나를 보자기로 아나! 왕이 계신 곳 앞에서 어디 막말인가!"

주먹질을 하지 않는 것이 용할 정도이다.

"대륙뿐 아니라 이곳에서도 전쟁이 벌어졌군요."

"그러네."

"대륙의 일을 따질 것이 아니라 우리 안방부터 다스려야겠습니다."

"그렇지."

"암담하군요."

결국 소란은 데이비드 왕이 나서고 나서야 진정이 되었다.

소란이 진정되고 다시 회의가 진행되었다.

앞전 흥분을 모두 쏟아내서인지 비교적 차분한 분위기에서 진행된 회의. 하룻밤을 꼴딱 새우고 다음날까지 이어진 마라톤 회의 끝에 결국 그라나이아의 행보가 결정됐다.

내용은 이러하다.

아이란과 아르낙스를 비롯해 반 제국 파벌의 적극적인 가세로 현 대륙에서 벌어지고 있는 사태에 대해 적극적으로 개입한다는 것.

적극적 개입이란 제국에게 사절을 보내 노딕 공화국 침략 사태의 중단을 요구함과 동시에 경고를 하는 것과 대륙 각 나라를 설득해 반 제국 동맹의 결성을 역설하는 것,

또 대륙으로 출정을 할 경우 케트란과 렌빈의 남하를 막는 것 정도가 결정되었다.

적극적 개입이야 그렇다 치고 케트란과 렌빈 등 아직 킹스로드 결과에 대해 불복하고 있는 반역자들에게 제국이 접촉할 수도 있으니 마지막 사항도 상당히 중요했다.

이렇게 결정이 나자 친 제국 파벌이 격분했다. 그러나 중립 파벌들이 반 제국 파벌의 손을 들어주어 넘길 수 있었다.

끝까지 받아들이지 않는 쪽들은 아이란의 '어차피 제국이 전쟁의 야욕을 보이지 않는다면 이 결정 사항은 모두 무효이지 않는가' 라는 말에 입을 다물었다.

그렇다.

열쇠는 제국이 쥐고 있었다.

제국이 노딕 공화국 침략을 그만두고 적당한 보상과 함께 물러나면 반 제국 연합은 결성되지 않을 것이다.

이렇게 회의는 끝이 났다. 참석한 이는 모두 기진맥진해 흐느적거리며 왕궁을 나섰다.

마차 안에서 떠오르는 태양을 바라보는 둘.

"고생하시겠군요."

"그럼 같이 갈래?"

"사양하겠습니다."

아르낙스, 그는 각 국가에 방문하며 반 제국 동맹 참여를 역설할 사절로 정해졌다. 잠깐의 준비 기간을 가진 후 곧바로 대륙으로 향해야 했다.

"왜, 같이 가지? 너, 대륙에 가본 적 한 번도 없잖아. 이번 기회에 여행이라 생각하고 같이 가자. 응? 같이 가자! 할 일도 없잖아!"

"됐습니다. 그리고 제가 왜 할 일이 없습니까?"

아르낙스가 사절을 맡았듯 아이란 역시 할 일이 있었다.

대륙에 파병을 할 시 왕국군뿐 아니라 대영주들도 일정 수의 병력을 지원하기로 했다.

그락서스에서 맡은 병력은 오천. 다른 대영주들이 배정받은 삼천 정도보다 훨씬 많은 병력으로, 적극적인 개입을 주장했기에 행동으로 보여주어야 했다.

"야, 그거면 난 너의 두 배야."

물론 아이란도 이 남자 아르낙스에 비하면 훨씬 적은 수.

아르낙스의 마샬 공작령은 단독으로만 한 개 군단인 일만을 편성했다. 다른 이들의 강요가 아닌, 아르낙스가 스스로 내린 결정.

이 결정에 힘을 소모시키려 많은 배정을 바라던 반 제국 파벌까지 깜짝 놀랐다.

"공작이잖습니까."

"공작이라고 뭐 다르냐. 중앙 귀족이라면 모를까, 대영주 입장에선 백작이나 공작이나 거기서 거기지."

그의 말이 틀린 것이 아니기에 아이란은 딴청을 피웠다.

"어쨌거나 우리의 생각대로 결정이 난 것은 다행이야."

"그렇죠."

"아, 귀찮다. 괜히 한다고 했나?"

"아마 형님이 하신다고 하지 않았으면 몇몇 이는 끝까지 반대했을 겁니다."

"그렇지? 이 거룩한 희생, 길이길이 빛날 것이야. 그러니 함께 가자."

"……."

끝까지 포기하지 않는 아르낙스였다.

*        *        *

그 후 아이란은 여러 사람을 만나보았다.

아르낙스가 극찬(?)하던 알마로 백작 역시 만나보는 등, 반제국 파벌과 유대를 강화하고 친제국 파벌을 회유하는 시간을 가진 뒤 영지로 내려왔다. 그리곤 곧바로 병력을 소집해 훈련을 시작했다.

아이란은 황제가 전쟁을 멈출 것이라 생각하지 않았다.

직접 만나본 홍혈제 위벨.

그의 유쾌해 보이는 행동 속엔 뼈가 담겨 있었다. 야망으로 점철된 뼈.

그는 분명 대륙에 피바람을 몰고 올 것이다. 그로부터 단 한 방울의 피라도 덜 흘리게 하기 위해 피를 흘리게 할 창날을 갈고닦는 모순의 행동을 취한다.

훈련을 하면서도 아이란은 대륙의 소식에 귀를 기울였다.

예상대로 홍혈제는 받아들이지 않았다. 오히려 그는 노딕 공화국을 흡수하는 것에 박차를 가했다.

처음 예상했던 한 달, 거기서 반절이 잘렸다.

딱 보름.

보름 만에 한 나라가 먹혀 버렸다.

공화국의 수뇌들이 게릴라를 조직해 저항한다지만, 그것은 이미 소용없는 몸부림에 지나지 않았다.

그라나니아의 항의 후 불안해진 각 나라의 항의도 소용없었다.

오히려 군세를 재정비했다. 점령지 안정을 위한 출전이란 명분이지만 아무도 믿지 않았다.

그 덕분이라면 덕분일까. 각 나라를 돌던 아르낙스에게 성과가 있었다. 아니, 성과 수준이 아니라 대성공.

칼라인 제국을 제외한 엘브니움과 맥나타니아 왕국, 남부왕국동맹이 반 제국 동맹에 합세 의사를 보였다. 제국이 행동한 덕분에 이루어낸 성과라는 것이 씁쓸하지만 성과라면 성과.

한 가지 아쉽다면 도시국가연맹을 끌어들이지 못한 점. 아르낙스는 혼신을 다해 동맹의 필요성을 역설했으나 도시국가연맹은 거절했다.

대신 그들은 중립을 선포했다. 그 어느 쪽의 편도 들지 않겠노라고, 동맹이든 제국이든 그 어느 쪽에도 힘을 실어주지 않겠다고 하였다.

"말이 좋아 중립이지. 결국은 나중에 박쥐처럼 붙어먹겠다는 뜻이잖아."

아르낙스로부터 전해진 편지엔 그렇게 적혀 있었다. 아르낙스의 투덜거림이 바로 옆에서 말하는 것처럼 느껴졌기에 아이란은 미소를 지을 수 있었다.

그 후 반년.

오지 않았으면 하던 그날이 오고야 말았다.

이막.

홍혈제가 이막을 선포했다.

제국민 앞에서 그는 다시 한 번 선언했다.

이 전쟁의 당위성을.

여러 나라로 갈라져 혼란스러웠던 대륙에 평화를 가져다줄 이 고귀한 목적을.

일막이었던 노딕 공화국. 그 오프닝이 성공적이었던 터라 제국민들은 열화와 같은 지지를 보냈다.

그들은 이막 역시 성공할 것이라 믿어 의심치 않았기에 황제의 결정에 결코 반하지 않았다.

그렇게 이막이 시작되었다.

앞의 승전으로 자신감에 찬 제국의 최정예 군단들이 국경으로 이동했다.

엘브니움, 맥나타니아, 남부왕국동맹.

세 방향으로 갈라진 군세.

황제의 명만 전해진다면 곧바로 각 나라의 국경을 넘을 준비를 끝냈다.

와아아아아!!

황도에서의 함성이 그들에게 전해졌을 때, 제국의 군세는 국경을 넘었다.


                  *          *          *


"제국이 세 방향으로 군세를 이동, 엘브니움과 맥나타니아, 남부왕국동맹의 국경을 넘었다고 합니다."

칼의 보고.

깍지를 껴 얼굴에 얹고 눈을 감고 있던 아이란이 스르륵 눈을 떴다.

드디어 그 순간이 왔다. 오지 말았어야 할 그 순간. 이제 그것을 맞으러 가야 한다.

"출정 준비를 하라."

"예."

"계획대로 집결지인 알비란의 코르크 항으로 신속히 이동한다."

코르크 항. 그라나니아 남부 최대의 항구이며, 백은 함대의 모항.

사전 왕국 회의에서 조율한 대로 파병군은 코르크 항을 통해 대륙의 땅을 밟는다.

그락서스 군이 도착할 곳은 맥나타니아 왕국. 제일 치열할 곳으로 예상되는 전선으로 아르낙스의 마샬과 함께 배정되었다.

오랫동안 반목한 맥나타니아와 칼라인 제국. 그 한복판으로 그락서스가 출발한다.

고래 사이에 끼어 터지는 새우가 되지 않기 위해 정신을 바짝 차려야 할 것이다.

"당분간은 보지 못하겠군."

창문 밖으로 보이는 여유로운 하늘. 푸른 하늘을 도화지 삼아 하얀 구름이 둥둥 떠다닌다.

이 순간을 마지막으로 당분간을 즐기지 못할, 혹은 영원히 즐기지 못할 여유.

아이란은 지금 이 순간을 경건하게 즐겼다.

CHAPTER
10

힘들고 어려운 일을 할 때에는 일하는 만큼의 휴식도 필요하다.

—미겔 데 세르반테스(Miguel de Cervantes)

쏴아아아!

물살이 갈라지며 거대한 범선이 바다 위로 미끄러진다. 그러한 범선이 수십 척. 족히 대선단이라 할 만하다.

그 선두에서 파도에 반하는 대장선. 출렁이는 파도 속에 대다수의 사람은 선실 내에서 휴식을 취하고 있으나 몇몇 이는 뱃전 위로 나와 망망대해를 바라보고 있다.

"으으……."

"괜찮으십니까?"

"아니… 죽을 것 같아……."

"그럼 죽으시죠."

"그럴까……. 그럼 어떻게 죽지?"

"뛰어내리시죠."

"그래… 같이 뛰어내리자……."

"싫습니다. 제가 왜 뛰어내립니까?"

"네가 뛰어내리라며……."

"뛰려면 혼자 뛰시죠. 저는 죽기 싫습니다."

실없는 대화를 하는 두 청년.

아이란과 아르낙스다.

맥나타이아의 지원을 그락서스와 마샬에서 담당하는 만큼 코르크 항에서 병력을 합쳐 군단을 형성, 함께 이동하고 있었다.

"그나저나 아무것도 없군요."

"음? 무엇 말이… 우웩!"

물고기들에게 먹이를 주는 아르낙스의 등을 두드려 주며 아이란은 말을 잇는다.

"바다 말입니다."

"그, 그건 그렇… 우우웩!"

"…생겼군요."

툭툭.

아르낙스의 등을 두드려 주면서도 시선은 망망대해에 고

정한다.

저 수평선 너머까지 오로지 물만 존재하는 세계. 그락서스에도 바다가 없는 것은 아니지만 육지에서 보는 바다와 망망대해 한가운데에서 보는 바다는 달랐다.

빨려들어 갈 것만 같은 시퍼런 바다. 잠깐이라도 넋을 놓는다면 저 속에서 괴물이 튀어나와 아이란을 끌고 들어갈 것 같다. 그런 불안함에도 불구하고 아이란은 그 암흑에 점점 빠져들었다.

"…이란."

"……."

"…아이란!"

"아, 예."

아르낙스의 부름. 바다에 빠져 있던 아이란의 정신을 돌려놓았다.

"안으로 들어가자. 부축 좀 해줘."

"…알겠습니다."

스윽.

아르낙스의 어깨를 걸치면서 뒤를 바라본 아이란. 별반 달라진 것이 없는 암흑만이 자리해 있다.

"뭐 해? 들어가자."

"예."

아르낙스를 부축해 선실로 들어가는 아이란.

왜일까? 발걸음이 무거워 보였다.

그의 뒤, 바다의 암흑은 짙고 또 짙었다.


*      *      *


그라나니아에서 맥나타니아.

중간의 해협을 하나 두고 떨어져 있어 보통의 상선으로 이틀 정도 걸리는 거리로 빠른 배라면 하루면 닿을 수 있었다.

사람이 꽉꽉 눌러 탄 군선은 상선과 마찬가지라 출발한 지 이틀째 되는 날 그맥 해협을 넘어 맥나타니아의 웨스티안 항구에 내릴 수 있었다.

"환영합니다, 아르낙스 공작님, 그락서스 백작님, 그리고 그 외 여러 귀족분. 본인은 웨스티안 항구의 총독인 리버트넘이라고 합니다."

"리버트넘 총독이시구려. 맥나타니아 최대의 무역항을 지혜로 다스리시는 총독의 소문은 익히 들었소."

"공작님께서 알아주시니 영광입니다. 그런데 초췌해 보이시는군요."

"아아… 잠을 잘 못자서……."

아르낙스는 멀미로 이틀 동안 밤을 새우며 구토와 함께 보냈기에 얼굴이 수척해져 있었다.

"배가 불편하셨나 보군요. 그럼 어서 총독부로 가시죠. 오늘은 편히 쉬실 수 있을 것입니다. 다른 분들도 어서 가시죠."

"고맙소."

"아닙니다. 저희 나라를 지원하기 위해 오신 분들이신 걸요. 오히려 여러분을 전장으로 전송하는 것에 대해 심히 죄송합니다."

웨스티안 총독부에서 병사들의 몫까지 여유롭게 준비해 준 덕분에 만족할 만한 연회를 즐길 수 있었다.

보급 등을 위해 웨스티안에 이틀간 머문 아이란과 아르낙스는 병력을 이끌고 전선이 형성되어 있는 국경을 향해 출발했다.

"맥나타니아의 6만과 제국군 8만은 현재 미시피 강을 사이에 두고 대치 중입니다."

전쟁의 지휘관으로서 전황을 알아야 하는 것은 당연한 일.

아이란과 아르낙스는 전선으로 이동하며 맥나타니아 측 안내자인 로지앙 백작으로부터 전황을 들었다.

"미시피 강이라……. 제국 측이 진격했을 때 미시피 강이 뚫렸다고 들었습니다만?"

"예, 그락서스 백작님의 말씀대로 제국군의 갑작스런 기습에 미시피 강에서 저지를 실패하고 로랑 지방까지 밀렸지만, 저희 측 총사령관이신 자르카 대공께서 결단을 내리셔서 전력을 투입, 제국을 미시피 강 밖으로 밀어낼 수 있었습니다."

"그렇군요. 다행입니다. 로랑 지방은 수도가 위치한 락모어 지방과 지척, 대공의 결단이 큰 역할을 한 것 같습니다."

"덕분에 한숨 놓을 수 있었지요."

전황에 대해 이러저러한 이야기를 하며 진군한 지 어느덧 열흘.

밤낮을 아끼며 서에서 동으로 관통하며 진군한 끝에 그락서스—마샬 연합군은 푸른 강을 볼 수 있었다. 그리고 그 강을 사이에 두고 대치 중인 거대한 두 무리도.

"난장판이군."

"처참하군요."

첫 번째는 아르낙스, 두 번째는 아이란의 감상평이다.

두 집단의 사이, 전사자들의 시신이 회수되지도 못한 채 전장 곳곳에 널브러져 있었다. 강 주위의 습기로 인해 썩어가고 있는 시신 냄새가 아직 멀리 떨어진 이곳에서도 나는 것 같다.

"자, 조금만 더 힘을 내서 가시죠. 자르카 대공께서 여러분을 기다리고 계실 것입니다."

로지앙 백작의 재촉에 다시 걸음을 떼어 잠시 후 그락서스—마샬 연합군은 맥나타이아의 진지에 들어설 수 있었다.

"환영하오, 형제들이여! 우리의 어려움을 위해 기꺼이 손을 내밀어준 형제들께 진심으로 감사하오! 정말 고맙소!"

진지로 들어선 그들을 한 남자가 맞이했다.

아이란은 굳이 묻지 않아도 알 수 있었다.

왼눈에 낀 검은 안대가 눈에 띄는 근육질의 중년 전사. 호화로웠을 황금의 갑옷은 오랜 시간을 전투와 함께했는지 군데군데 깨지고 떨어져 나가 있다. 그러나 그러한 것이 이 전사를 낮출 요인은 못 된다. 오히려 더욱 돋보이게 한다.

갑옷과는 반대로 옆구리에 낀 칼집 없는 묵빛의 검은 한 점의 흠집조차 없다. 게다가 칼날에서 느껴지는 예기는 보는 이를 섬뜩하게 했다.

아이란이 예상컨대 이 남자의 이름은 자르카. 맥나타니아의 대공이란 직위와 함께 총사령관의 지위를 가지고 있는 자르카 대공이 틀림없었다.

"형제들이여, 본인의 이름은 프라이크 자르카라고 하오. 다시 한 번 형제들을 환영하겠소. 그리고 고맙소."

'과연.'

아이란의 예상이 맞았다. 맥나타니아의 수호신이라고 불리는 자르카 대공이 맞았다.

"만나 뵙게 되어 반갑습니다, 자르카 대공. 마샬의 영주를 맡고 있는 아르낙스 마샬입니다. 맥나타니아 지원군의 총사령관 자격으로 왔습니다."

"오, 아르낙스 공작. 그라나니아의 킹스로드에서 펼친 그대의 활약은 잘 들었소. 렌빈과 케트란의 강군에 맞서 싸워 승리해 데이비드 왕 즉위의 일등공신이라지. 만나게 되어 정말 반갑소."

자르카 대공이 아르낙스의 손을 부여잡았다.

꽈악.

어찌나 힘을 주는지 그 소리가 들릴 정도다.

"그렇다면 이쪽이 아이란 그락서스 백작이시겠구려?"

여전히 부여잡고 고개를 아이란 쪽으로 돌리는 자르카 대공.

긍정의 의미로 고개를 끄덕이며 아이란이 답한다.

"반갑습니다, 대공. 그락서스의 아이란 그락서스입니다. 잘 부탁드리겠습니다."

"오오, 그대의 소문 역시 익히 들었소. 갖은 시련을 겪은 젊은 백작. 역경을 통해 성장하고, 최근엔 영지까지 넓힌 그라나니아의 풍운아. 만나게 되어 정말 반갑소."

"이리 말씀하여 주시니 부끄러워지는군요."

"그대는 부끄러워하지 않아도 되오. 모두 사실인 것을."

"맞아, 아이란. 너는 부끄러워하지 않아도 된다. 쿡쿡."

아르낙스가 미묘한 웃음을 띠며 옆구리를 찔러온다.

"이야~ 이렇게나 유명해지고~ 이거이거~ 내 동생 다 컸는걸~"

"…닥치시죠."

아이란과 아르낙스 둘의 툭탁거림에 자르카 대공이 웃음을 터뜨린다.

"허허, 젊은 피의 유쾌함이 내게도 전해지는 것 같소. 아주 좋구만."

대공의 반응에 멋쩍어하는 둘.

"자자, 내 막사로 가십시다. 오느라 피곤하였을 터인데 맛난 것이라도 먹고 기운을 회복해야지. 자랑은 아니지만 이곳에서 내 막사가 제일 좋다오. 밥도 제일 맛있고 말이지."

히죽.

'부럽지? 부럽다고 말해' 라고 말하는 것 같은 자르카 대공의 웃음. 넉살 좋은 아르낙스도 함박웃음을 피운다.

"그거 기대가 되는군요."

"손님들도 왔으니 대접을 해야지. 오랜만에 고기를 먹어보겠구만."

"음? 오랜만? 그럼 평소엔 뭘 드십니까?"

"그야 고기라오. 고기는 언제 먹어도 오랜만이지. 후후, 백작은 몰라도 공작은 이해하나 보구려. 그렇지 않소?"

"맞습니다. 고기는 언제 먹어도 오랜만이지요."

"후후, 가십시다."

자르카 대공이 앞장서고 아르낙스가 휘적휘적 뒤따른다.

"재밌는 분이시지요?"

쓴웃음을 지으며 묻는 로지앙 백작.

"예, 재밌는 분이시군요."

"후후, 보기엔 저래 보여도 능력은 굉장하시답니다. 제국의 대공… 아니, 홍혈제에 호각으로 맞서 맥나타니아를 지켜내시는 수호신이시지요."

"그렇군요."

"저분의 왼쪽 눈."

검은 안대를 낀 눈을 말함이다.

"그 눈은 처음 홍혈제와 맞선 날 그와의 격전에서 잃으셨습니다. 치명적인 상처라 후방으로 물러나서 요양을 하셔도 아무도 무어라 하지 않을 상처지요. 그러나 대공께선 오히려 최선두에 나서시며 칼라인 제국군을 상대했습니다. 그리고 이 땅에서 몰아내셨지요. 그 후 왕국의 수호신으로서 수십 년을 제국과 상대한, 제국을 가장 잘 아시는 베테랑이십니다."

"그렇군요."

아이란이 공감하며 고개를 끄덕였다.

"그러니 백작께서도 그분과 함께 지내는 기간을 유용하게 사용하시길 바랍니다. 이것은 그동안 함께한 정을 생각해 백작께 하는 진심 어린 충고입니다."

"마음속 깊게 새기겠습니다. 감사합니다, 로지앙 백작님."

"오히려 제가 감사드려야겠지요. 지원을 와주신 분께 건방진 소리를 늘어놓아 죄송했습니다. 자, 그럼 가시지요. 대공의 전속 요리사가 만드는 고기 요리는 맥나타니아 최고거든요. 폐하께서조차 영입하지 못하는 것이 한이라고 할 만큼 뛰어난 요리를 만든답니다. 어서 가지 않으면 대공께서 모두 먹어치우실 겁니다."

"예, 가시죠."

터덜터덜 로지앙 백작이 앞서간 이들을 뒤따라갔다.

아이란 역시 그를 따랐다.

*       *       *

대공의 막사.

대공 측 인물들과 그라나니아 측 인물들. 서로의 주요 측근들까지 함께한 덕분에 식사는 시끌벅적한 분위기 속에서 진행되었다.

맥나타니아와 그라나니아 양 측은 서로를 배려했으며 화기애애한 분위기는 식사가 끝나고도 곧바로 진행된 회의까지 이어졌다.

"그래서 아마 한 달간은 제국 측이 공격해 오지 않을 것이
오."

"건기라… 좋지 않군요."

자르카 대공의 말에 의하면 이맘때쯤 미시피 강에는 건기
가 찾아온다고 하였다.

건기란 강이 완전히 말라 버려 땅이 드러나는 현상을 말하
는데, 맥나타니아 측의 분석에 의하면 앞으로 일주일에서 보
름쯤 남았다고 한다.

강물이 말라도 뻘이 그대로 남으니 제국 측으로서도 쉽사
리 공격해 올 순 없지만, 보름 정도 지나면 뻘이 말라 일반 대
지와 같게 되니 제국으로선 그 기회를 놓칠 리가 없었다.

아마 제국은 그때를 위해 당분간은 공격을 가해오지 않을
것이다.

이동하느라 지친 병사들을 생각한다면 당장은 좋은 일이
지만, 한 달 후 펼쳐질 제국의 총공세를 생각하면 마냥 좋지
만은 않았다.

"후, 그래도 시간을 벌었다는 것이 중요하오. 그라나니아
의 용사들과 호흡을 맞춰볼 시간은 벌었으니 말이오."

전쟁이란 유기적으로 돌아야 하는 톱니바퀴와 같다. 갖은
변수가 존재하지만 처음의 계획대로 척척 진행되는 것이 제

일이다.

그것을 위해선 적절한 계획과 그것을 실현시켜 줄 행동력, 두 가지가 필요하다. 그중 행동력에는 호흡을 맞추는 것이 필수였다.

"후후, 그대로 다행인 것은 그라나니아나 우리 맥나타니아나 모두 전쟁을 겪은 정예란 것이오. 사실 엘브니움이나 남부 왕국동맹 측은 오랜 평화에 길들여져 있지. 후후, 우리 측과 연합한 것에 마샬과 그락서스는 절대 후회하지 않을 것이오."

아마 자르카 대공은 정예와 정예가 연합하였으니 다른 쪽 방면보다 큰 공을 세울 수 있을 것이란 것을 말하고 싶은 듯했다.

'공보단 피해의 최소화이지만……'

아이란의 입장에선 큰 공적보다는 피해가 우선이었다.

"기대되는군요."

"후후. 아마 전쟁이 끝나고 그라나니아에 돌아가면 두 분의 천하가 시작될 것이오. 양 떼와 함께하는 엘브니움 방면의 국왕군이나 남부왕국동맹 측의 타 귀족군은 큰 피해를 받겠지. 하면 큰 공에다 비교적 병력을 온전히 보전한 두 분이 큰 힘을 발휘할 것이 분명하오. 그때 가서 모른 척하면 안 되오?"

분위기를 띄우려는 자르카 대공. 처음의 호탕한 인상이 흐려지며 협잡이 끼어든다. 게다가 너무 앞서 나간 것은 아닌지 아이란은 생각했다.

"너무 수프부터 마시시는 것 아닙니까?"

그것은 아르낙스도 마찬가지였나 보다. 아르낙스가 되묻자 자르카 대공이 너털웃음을 터뜨린다.

"허허, 마시면 어떠오? 너무 속물적인가?"

"하하, 대공의 말대로만 되면 좋겠군요. 그렇지 않은가, 동생?"

시선이 아이란에게 돌려졌다. 이럴 땐 같이 어울려 주어야겠지?

"전 이미 수프를 먹었습니다."

"뭐야? 하하하!!"

"뜨거울 텐데 빨리도 드셨구려. 허허!"

화기애애하다.

밝은 분위기 속에서 착실히 계획이 세워져 간다. 그러나 마음 한구석이 불편한 시간이었다.


＊　　　＊　　　＊


일주일 하고도 하루, 구름 한 점 없이 푸른 하늘엔 태양만이 존재한 날.

양 진영 사이에서 흐르고 있던 강물의 수위가 조금씩 줄기 시작했다. 처음엔 티도 나지 않았지만, 그 속도엔 가속이 붙어 결국 노을이 질 때쯤엔 강물이 말라 버리고 속살을 드러냈다.

진영에서 조금 떨어진 언덕에 홀로 앉아 그 과정을 지켜보던 아이란은 느꼈다.

저 강이 말라가면 말라갈수록 올라오는 역하고 비릿한 냄새를.

고기가 썩어가는 냄새.

철철 흐르는 피의 냄새.

"언제부턴가 이러한 것들만 느끼는 것 같군."

전쟁, 또 전쟁.

그것이 끝이 나면 또 전쟁.

전쟁, 전쟁, 전쟁의 연속이었다.

잠깐의 휴식이 지나면 기필코 전쟁의 순간이 다가온다. 이미 충분히 맡았는데도, 평생 잊지 못할 정도인데도 또 전장의 향기를 맡게 된다.

"싫다⋯⋯."

소리 내어 말해본다, 지금의 이 감정을.

"싫다⋯⋯."

어차피 듣는 이도 없다.

그동안 속에 묻어두었던 것들, 가슴을 파고 묻어두고 그 위에 돌까지 쌓아둔 것들을 해체한다. 그리고 쏟아낸다.

"그만 쉬고 싶다."

언제부턴가 달려오기만 하였다.

언제부터일까? 자신의 삶이 이렇게 변한 시작점은.

"영지를 이은 때부터인가."

아버지인 선대 백작이 야만족의 토벌 도중 급사하시고, 급하게 작위를 이은 것이 아이란이다.

그 과정에서 불협화음이 일어났으며, 그것은 반란이란 극단적인 형태로도 나타났다.

"꼬일 대로 꼬였군."

자조한다. 그러다 이런 생각도 한다.

"그냥 사라져 버릴까?"

몸을 숨긴다면 그 누구에게도 들키지 않을 자신이 있다. 그 라나니아가 아닌 대륙이라면 더욱더.

평범한 삶.

그저 하루를 보람되게 살 수 있는 삶이 부러웠다. 하루 일을 마치고 집에 돌아오면 먼저 아이가 나를 맞아준다. 아이를 품에 안고 재잘거리는 웃음소리를 들으며 부엌에 들어간다면 아내가 저녁을 준비해 놓고 기다리고 있다.

'다녀왔소'라고 한마디 한다면 아내는 '다녀오셨어요?'라고 답하며 활짝 웃음을 짓는다.

그 순간,

"아······!"

아이란의 상상 속에서 웃고 있는 아내, 그녀는 엘리자베스였다.

잠적해 버린다면 그녀를 만날 수 없다.

함께 도망친다? 그녀의 성격을 생각해 보면 절대 불가능한 일.

"오히려 경멸을 당할 수도."

충분히 가능하다.

"후우··· 복잡하군."

한숨만이 나온다. 한숨만이······.

툭.

"뭐 하고 있냐? 왜 그리 한숨을 내쉬고 있어, 금방 죽을 사람처럼?"

아이란의 어깨를 치며 그의 옆에 앉는 누군가.

"오셨군요."

"그래, 오셨다."

그와 이러한 대화를 할 수 있는 이는 하나뿐이다.

아르낙스.

"뭐 하고 있었냐? 칼과 발론이 너를 찾고 있던데."

"그런가요."

"그런가요? 너 어디 좀 이상한데. 어디 아프냐?"

"아뇨. 멀쩡합니다."

"그래? 그렇다면 말고."

그 후 아이란과 아르낙스는 말없이 풍경을 바라보았다.

노을이 지고 있는 붉은 하늘과 물들어 버린 구름, 말라 버린 강바닥, 부산하게 움직이는 사람들.

둘은 말없이 풍경을 쳐다본다.

"웃차!"

한참 후, 아르낙스가 일어섰다.

"난 먼저 간다. 무슨 일인지는 모르겠지만 천천히 생각해 봐."

툭툭.

어깨를 쳐준 아르낙스가 언덕을 내려갔다.

그 후, 해가 완전히 넘어가 낮이 지고 밤이 자리했다. 달빛이 요요히 세상을 밝힌다.

"춥군."

오랜만에 느껴보는 추위. 이만 돌아가야겠다고 생각하며 일어나는 아이란이다.

뿌우우!!

뿌우우우!! 뿌우우우우우!!

전장의 시작을 알리는 나팔 소리가 양 진영에서 울렸다.

척척.

한 달 전까지만 해도 강이었지만, 지금은 바짝 마른 땅을 병사들이 밟는다.

대군과 대군.

양 측의 선봉군이 서로를 향해 진군한다. 중앙의 보병들은 단단함을 자랑했으며, 양옆의 기병들은 날카로웠다.

아이란은 우익의 기병대에 배치되어 있었다.

선봉 우측, 그락서스의 일천을 포함한 사천의 기마대는 아이란이 지휘를 맡고 있었다. 총사령관인 자르카 대공의 지시가 떨어진다면 사천의 기병과 함께 적의 가슴을 파고들어 그 심장을 꿰뚫을 것이다.

둥! 둥! 둥!

심장을 고양시키는 북소리.

박동이 빨라지며 빠르게 피가 전신을 돈다.

둥, 둥, 둥, 둥!

북소리가 점점 더 빨라지고 마침내,

둥둥둥둥둥!!

"우와아아아아아!!"

"와아아아아아아아아!!"

서로를 향해 진격한다!

"우와아아아아아아아아아아아!!"

말라 버린 강에서 물 대신 피를 흘리게 할 전쟁.

푹!

선두 연합군 측 병사의 장창이 제국 측 병사의 가슴을 찌르
며 그 진정한 시작을 알렸다.

"우와아아아아아아!"

푹, 푸푹!

챙! 채채챙!

"으악!"

"아악!"

"으아아아악!"

무기와 무기가 충돌하고, 살이 베이고 꿰뚫리는 소리와 비
명 소리가 난무한다.

둥둥둥둥둥둥둥!!

후방에서 들리는 북소리.

진군을 강요하는 저주받은 북소리.

뒤에서 몰려오는 아군인지 적군인지 모를 자들.

그들에게 떠밀려 적의 창날에 가까워진다.

죽지 않기 위해선 저 창날이 나를 찌르고 베기 전에 내가 먼저 찔러야 한다.

현 전장에 나선 오만이란 병사 모두의 생각.

그들은 살기 위해 같은 생각을 하고 있는 이들을 찔렀다.

어쩌면 친구가 될 수 있을지도 모르는 이들.

하루하루에 감사하며 행복을 느낄 수 있는 이들.

그 삶을 되찾으려면 이곳에서 살아나가야 하기에 타인의 삶을 향해 칼을 휘두른다.

스악!

푹!

채채챙!

"크아악!"

"으아아아악!"

비명인지 기합인지 모를, 섞이고 또 섞인 고함만이 존재한다.

철철.

앞 열이 무너지면 그 빈자리를 후임이 채운다. 거치적거리는 선임의 시체를 밟고 나아간다.

"살고 싶어!!"

애절한 누군가의 외침. 그러나 그것이 그 생애 마지막 목소리. 곧바로 찔러온 창날에 심장이 갈기갈기 찢겨 버렸다.

"돌격하라!"

"겁먹지 마라!"

"씨발! 개새끼들아! 네놈이 달려들어 봐!"

독려하는 후방 간부의 외침에 어느 누군가 고함으로 답한
다. 간부가 칼을 빼 들고 범인을 찾지만 찾지 못한다.

"개새끼들아! 나는 살고 싶다고!"

"나도 마찬가지야, 이 새끼야!"

처참하다. 무수히 많은 생이 생을 갈구하며 생이 끊기고 있
다.

그것을 두 눈에 새기며 아이란은 전장을 휘젓고 다닌다.

수없이 많은 생명을, 그의 손에 들린 창과 칼로 숨을 끊는
다. 하나가 열이 되고, 열이 이십이 되고, 수십이 되었다. 더
이상 수를 세는 것이 무의미하다.

이 지옥이 펼쳐진 지 얼마의 시간이 흘렀을까?

1시간?

2시간?

설마 10분은 아니겠지.

떠오르던 상념. 그러나 찔러오는 칼날에 몸뚱이 대신 던져
버린다.

스악!

"으아아악!"

칼날과 함께 그것을 두 손을 베어버린다. 튄 피가 말의 털을 적신다. 그대로 아이란은 그 검을 위로 움직이며 깔끔하게 그 목을 베어버린다.

'한 생명만큼의 업보가 늘었다' 고 자각하는 순간,

스악!

하나가 더 늘었다.

채채챙!

찌걱!

"크아악!"

"캐애애액!"

비명은 끊이질 않는다.

그 끊이질 않는 비명을 얼마나 들었을까. 적어도 아이란 그 자신이 사람 일백 이상을 처리한 시간만큼은 들었을 것이다.

뿌우우우! 뿌우! 뿌우! 뿌우우우!

충분히 시간이 흘렀다 생각했는지 본진에서 신호가 울린다. 저 뜻은 기병의 후퇴와 동시에 대열 재정비, 본진으로 집결.

그 뜻 그대로 아이란은 따른다.

자신을 선두로 뾰족한 창두를 결성한다. 그리곤 그 상태를 유지하며 적들을 모두 꿰뚫어 버리며 방향을 꺾고 또 꺾는다.

가로막는 적들. 아이란의 창대에만 벌써 셋의 시체가 꿰었다. 그 무게는 필시 만만치 않을 터이지만 지금 그에겐 조금의 무게도 느껴지지 않는다.

거기에 더해 하나, 둘의 시체가 추가로 꿰어지고, 마침내 일곱의 시체가 꿰뚫리고 창두만 빠끔히 튀어나왔을 때, 아이란은 적진을 뚫고 빠져나올 수 있었다. 그리곤 곧바로 적들의 시체가 꿰어진 창을 버리고 집결지로 이동한다.

본진의 중앙 집결지에 도착했다.

전장을 조율하고 있는 자르카 대공이 보인다.

그때 자르카 대공과 눈이 마주쳤다.

지금의 그. 그의 무거움을 담은 두 눈에는 일전의 가벼운 모습은 전혀 보이지 않았다. 오히려 압살될 것 같은 무거움이 담겨 있다.

뿌우우!

뿌우우우우!

선봉들이 조금씩 뒤로 물러난다.

뿌우우우우우우우!!

아군의 움직임에 적들 역시 반응했다. 그대로 달려드는 적들.

그때 아군의 중앙이 쩍 갈라지며 길이 생겼다.

뿌우우, 뿌우우, 뿌우우우우!!

그 길을 아이란과 기병대가 달린다.

일직대로.

가속을 받아 적들을 뚫고 또 뚫는다.

뚫는 과정에서 탄력 붙은 가속이 감속한다.

창날이 무뎌진다.

사람뿐 아니라 말 역시 지쳐간다.

반쯤 적의 중앙을 돌파했을 때, 마침내 아이란과 기병대는 멈추었다.

창을 버리고 칼을 집어 든다.

난전을 준비한다.

그때,

둥! 둥! 둥!

적진에서부터 북소리가 다시 울렸다.

그와 함께,

척척척척척!

조금 전 아군이 그랬던 것처럼 적진의 중앙이 갈라진다.

그리고 그곳으로부터 쏟아지는 기마대.

이쪽의 전술과 같다. 그러나 결정적으로 다른 한 가지가 있다.

여유롭다.

뜀박질 따위 천하다는 듯 여유롭게 걸어오는 기마대.

사람과 말 모두 번쩍이는 갑옷을 입고 무기를 들었다.

그 모습은 전장보단 예술관에 어울린다. 그러나 그러한 것들은 아이란의 눈에 전혀 들어오지 않는다.

그의 시선, 오직 한곳에 고정되어 있다.

제국 측 예술과도 같은 기마대의 선두.

한 사내가 아이란을 바라보며 웃고 있다.

"……."

"오랜만이로군."

황제다!

황제가 나타났다!!

황제라 불리는 자는 대륙에서 오직 하나뿐.

홍혈제.

이 전쟁의 원흉.

그가 전장에 등장했다.

『그락서스의 군주』7권에 계속…

魔 in 화산

FANTASTIC ORIENTAL HEROES
용훈 新무협 판타지 소설

**무림공적, 천살마군 염세악!**
**검신 한호에게 잡혀 화산에 갇힌 지 백 년.**

와신상담… 절치부심… 복수무한…

세월은 이 모든 것을 잊게 하고
세상마저 그를 잊게 만들었다.
하지만.

"허면 어르신 함자가 어찌 되시는지……"
우연한 만남, 자신도 모르게 튀어나온 원수의 이름.
"그게… 한, 한호일세."

**허무함의 끝에서 예기치 않게 꼬인 행로.**
**화산파 안[in]의 절세마인, 염세악의 선택!**

FANTASY FRONTIER SPIRIT

조각의 주인

임진운 판타지 장편 소설

백미가 新무협 판타지 소설

**FANTASTIC ORIENTAL HEROES**

천선지가

불의의 사고로 죽은 청년 이강
그를 기다린 것은 무림이었다!

어느 날
그에게 찾아온 운명,
천선지사.

각인 능력과 이 시대엔 알지 못한 지식으로
전생에서 이루지 못한 의원의 꿈을 이루다!

『천선지가』

하늘에 닿은 그의 행보가 시작된다!

Book Publishing CHUNGEORAM

유행이 아닌 자유추구 -
**WWW.chungeoram.com**

이휘 판타지 장편 소설

# IAN REYNOR

끊어진 가문의 전성기.
무너진 영광을 다시 일으킨다!

## 『이안 레이너』

## 이안 레이너

백인대장으로 발령받은 기사, 이안
부하의 배신으로 인해
낯선 땅에 침범하게 된다.

"살고 싶다… 반드시 산다!"

몬스터들이 우글거리는 척박한 환경에서
새로운 힘을 접하게 된다.

명맥이 끊겼던 가문의 영광!
다시 한 번 그 힘을 이어받아,
과거의 명예를 되찾으리라!

Book Publishing CHUNGEORAM

유행이 아닌 자유추구 -
WWW.chungeoram.com